ユナ'S STATUS_
名前：ユナ
年齢：15歳
性別：女
クマのフード（譲渡不可）
フードにあるクマの目を通して、武器や道具の効果を見ることができる。
白クマの手袋（譲渡不可）
防御の手袋、使い手のレベルによって防御力アップ。
白クマの召喚獣くまきゅうを召喚できる。
黒クマの手袋（譲渡不可）
攻撃の手袋、使い手のレベルによって威力アップ。
黒クマの召喚獣くまゆるを召喚できる。
黒白クマの服（譲渡不可）
見た目着ぐるみ。リバーシブル機能あり。
表：黒クマの服
使い手のレベルによって物理、魔法の耐性がアップ。
耐熱、耐寒機能つき。
裏：白クマの服
着ていると体力、魔力が自動回復する。
回復量、回復速度は使い手のレベルによって変わる。
耐熱、耐寒機能つき。
黒クマの靴（譲渡不可）
白クマの靴（譲渡不可）
使い手のレベルによって速度アップ。
使い手のレベルによって長時間歩いても疲れない。
くまゆる
くまきゅう
クマの下着（譲渡不可）
どんなに使っても汚れない。
汗、匂いもつかない優れもの。
装備者の成長によって大きさも変動する。
クマの召喚獣
クマの手袋から召喚される召喚獣。
子熊化することもできる。

スキル

異世界言語
異世界の言葉が日本語で聞こえる。

話すと異世界の言葉として相手に伝わる。

異世界文字
異世界の文字が読める。

書いた文字が異世界の文字になる。

クマの異次元ボックス
白クマの口は無限に広がる空間。どんなものも入れる(食べる)ことができる。

ただし、生きているものは入れる(食べる)ことができない。

入れている間は時間が止まる。

異次元ボックスに入れたものは、いつでも取り出すことができる。

クマの観察眼
黒白クマの服のフードにあるクマの目を通して、武器や道具の効果を見ることができる。

フードを被らないと効果は発動しない。

クマの探知
クマの野性の力によって魔物や人を探知することができる。

クマの地図
クマの目が見た場所を地図として作ることができる。

クマの召喚獣
クマの手袋からクマが召喚される。

黒い手袋からは黒いクマが召喚される。

白い手袋からは白いクマが召喚される。

クマの転移門
門を設置することによってお互いの門を行き来できるようになる。

３つ以上の門を設置する場合は行き先をイメージすることによって転移先を決めることができる。

この門はクマの手を使わないと開けることはできない。

クマフォン
遠くにいる人と会話できる。作り出した後、術者が消すまで顕在化する。物理的に壊れることはない。

クマフォンを渡した相手をイメージするとつながる。

クマの鳴き声で着信を伝える。持ち主が魔力を流すことでオン・オフの切り替えとなり通話できる。

魔法

クマのライト
クマの手袋に集まった魔力によって、クマの形をした光を生み出す。

クマの身体強化
クマの装備に魔力を通すことで身体強化を行うことができる。

クマの火属性魔法
クマの手袋に集まった魔力により、火属性の魔法を使うことができる。

威力は魔力、イメージに比例する。

クマをイメージすると、さらに威力が上がる。

クマの水属性魔法
クマの手袋に集まった魔力により、水属性の魔法を使うことができる。

威力は魔力、イメージに比例する。

クマをイメージすると、さらに威力が上がる。

クマの風属性魔法
クマの手袋に集まった魔力により、風属性の魔法を使うことができる。

威力は魔力、イメージに比例する。

クマをイメージすると、さらに威力が上がる。

クマの地属性魔法
クマの手袋に集まった魔力により、地属性の魔法を使うことができる。

威力は魔力、イメージに比例する。

クマをイメージすると、さらに威力が上がる。

クマの治癒魔法
クマの優しい心によって治療ができる。

75　クマさん、お店を購入する

国王の誕生祭も終わり、王都でお世話になった人たちに挨拶《あいさつ》をしたわたしはフィナと一緒にクマの転移門を使って、クリモニアに戻ってきた。

「ユナお姉ちゃん、とても楽しかったね」

魔物の出現とかには驚いたけど、王都は楽しかった。

なによりも、ジャガイモとチーズがゲットできたのは嬉しかった。

「喜んでもらえてよかったよ。今度はクマの転移門があるからいつでも王都に行けるよ」

「今度は家族みんなで行きたいな」

「でも、この転移門のことは内緒だからね」

「うん」

フィナをティルミナさんのところに送り届けるため、孤児院に向かう。この時間ならティルミナさんは孤児院でコケッコウの世話をしているはず。

孤児院の近くにある鳥小屋に行くと、子供たちが一生懸命に仕事をしている姿がある。わたしが周囲を見ていると子供の一人がわたしに気づく。

「クマのお姉ちゃん！」

一人が気づくと、みんなが手を止めてわたしのところにやってくる。

「みんな、元気にしてた？」

「うん」

子供たちの顔はみんな、笑顔になっている。

うん、元気そうで、良かった。

「ティルミナさんはいる？」

「うん、あっちで、卵を数えているよ」

男の子は鳥小屋の隣にある小さな小屋を指す。教えてくれた子供たちにお礼を言って、ティルミナさんがいる小屋に向かう。小屋の中に入ると、ティルミナさんが卵を数えている姿があり、その横にはシュリがいる。

「お母さん！」

フィナはティルミナさんを見つけると、久しぶりに会う母親に嬉しそうに駆け寄っていく。

「フィナ⁉」

「お姉ちゃん！」

シュリはフィナに向かって駆けだして、笑顔で抱きつく。それをフィナは優しく抱きしめる。

「シュリ、ただいま」

「ティルミナさん。戻ってきました」

「2人とも、お帰り」

わたしはティルミナさんに預かったフィナをお返しした。

「それで、王都はどうだった？」

ティルミナさんの言葉にフィナは王都のことを嬉しそうに話し始める。

「うぅ、お姉ちゃんばかり、ずるいです」

フィナの話を聞いたシュリが羨《うらや》ましそうにする。今度、どこかに行くときは一緒に連れていってあげないと可哀想《かわいそう》だね。

「それで、ティルミナさん。相談っていうか、お願いがあるんですが」

「なにかしら？」

モリンさんたちのことを簡単に説明して、お店を始めたいことを話す。

「卵の次は、プリンにパンの販売ね。しかも、職人は王都から来るって。それで、わたしはなにをすればいいの？」

少し呆《あき》れたように言うけど、引き受けてくれるみたいだ。

「お店の売り上げや、食材の仕入れ、主にお金の管理をお願いします」

「分かったわ。細かいことは、そのモリンさんって人が来てからでいいのね」

「あと、プリンの件もあるから、ミレーヌさんと卵の相談もいいですか？　それでプリンの販売数を決めますから」

「了解。今度、商業ギルドに行ったときに相談してくるわ」

わたしのほうもミレーヌさんにいろいろと相談することがある。卵の件もそうだけど、パンやピザを作るのでお店が大きくなるから、お店の相談もしないといけない。

ティルミナさんの仕事の邪魔をしても悪いので、院長先生に挨拶をしてから帰ろうとしたが、外出しているそうなので、後日あらためて来ることにする。

次に向かった先は冒険者ギルド。冒険者ギルドの中に入るとヘレンさんがわたしに気づく。

「ユナさん。帰ってきたんですか？」

「うん。これ、ヘレンさんにお土産」

クマボックスから王都のお土産を渡す。

「アクセサリーですか、ありがとうございます」

異世界の流行《はやり》ものは分からないのでお店の人に言われるままに買ったけど、喜んでいるのを見ると大丈夫だったみたいだ。

「それで、ギルドマスターはいる？」

「はい。今、確認しますので、少しお待ちください」

ヘレンさんは奥の部屋にギルドマスターを呼びに行ってくれる。

そして、すぐに戻ってくる。

「ユナさん、お部屋で会うそうです。中へどうぞ」

わたしはお礼を言って、ギルドマスターがいる奥の部屋に向かう。

「戻ってくるの早かったな」

「召喚獣がいるからね。あと、紹介状ありがとうね」

「役に立ったか？」

「手紙を渡す前にトラブルになったけど。そのあとは王都のギルドマスターが、いろいろとお世話をしてくれたよ」

「役に立ったならなによりだ。サーニャの奴は元気にしていたか？」

「元気だったよ。いろいろと迷惑をかけたけど」

わたしが言うとギルドマスターは笑いだす。サーニャさんには冒険者とのトラブルに、魔物討伐の件、国王との約束、モリンさんの件でもお世話になった。魔物のことは話せないので、エレローラさんのつてで、お城見物をしたことと、フローラ様に出会ったことを話し、フローラ様と国王にプリンを食べてもらったことを話した。

「国王とお姫様に食べ物って」

呆れたように見られる。

それで、王都で知り合ったパン屋の母娘のこと、悪徳商人、助けてくれたサーニャさん、さらにプリンを求めに来た国王の話をする。

「おまえさんは、王都に行ってなにをしていたんだ？」

「そんなことを言われても、わたしのせいじゃないよ」

モリンさんたちを見捨てることはできなかったし、国王の頼みを断ることなんて、できるわけもない。

「プリンってそんなに美味《おい》しいのか？」

「食べてみる？」

紹介状のお礼として、プリンを差し出す。

ギルドマスターはプリンを手にすると、ひと口、ふた口と口に運ぶ。

「確かに、美味しいな」

ギルドマスターの評価も高いみたいだ。これなら、男性冒険者にも売れるかな？


冒険者ギルドを後にしたわたしは、次に商業ギルドに向かう。

商業ギルドの中に入り、お店のことを聞くために、ミレーヌさんを探す。

「ユナちゃん！」

ミレーヌさんを見つけるよりも先に、ミレーヌさんに見つけられて、声をかけられる。

「大きな声で人の名前を呼ばないでください」

わたしは文句を言いながら、受付に座っているミレーヌさんのところに向かう。

「だって見かけたからつい」

「はい、お土産です」

形は違うがヘレンさんにプレゼントしたのと同じ、アクセサリーだ。

「ユナちゃん、ありがとう」

嬉しそうに受け取ってくれる。

「それでユナちゃん。先日話したお店の件で、いくつか場所の候補を見つけたんだけど、どうする？」

「そのことで、ミレーヌさんに相談があるんだけど」

ミレーヌさんに王都での出来事を簡単に説明して、王都からパン職人が来ること。そして、プリンと一緒にパンを販売することを話す。それで、できれば大きなお店にしたいと伝える。

わたしの説明にミレーヌさんは考えだす。

「ちなみに、お店はどれくらいの大きさを考えているの？」

お客さんが食事をできる場所はいるし、孤児院の子供たちも働かせたいからキッチンも広いほうがいい。大は小を兼ねるって言うしね。とりあえず、わたしがイメージするお店の条件を思いつくままに適当に言ってみる。

「それだと、家賃が高くなるわよ。もちろん、お店の件はわたしが言いだしたことだから安くするつもりだったけど。大きなお店になると……」

ミレーヌさんは少し困った表情を浮かべる。

「お金のことは気にしないでいいよ。良い場所だったら、購入するつもりだから」

「ユナちゃん、購入って簡単に言うけど、お店は簡単に購入できるものじゃないと思うわよ。でも、ユナちゃんならできるのかしら？」

ミレーヌさんは呆れるように言うが、そのあたりは神様のおかげで問題はない。でも、そんなことをミレーヌさんに言えるわけもなく。笑って誤魔化《ごまか》しておく。

「まあ、購入できるなら、商業ギルドでは問題はないわ。それなら、金額は高いけど、ユナちゃんの希望のお店が一つあるわよ」

ミレーヌさんの話では建物は大きく、孤児院の近くにあるという。わたしの希望どおりだ。あとは金額と現地の確認だね。

「そのお店はいくらなんですか？」

ミレーヌさんはファイルを取り出し、少し考えて、紙に金額を書く。そして、わたしの前に差し出す。

「割り引いて、これぐらいが限界かな？」

提示された金額は確かに少し高いような気がする。少なくとも、孤児院の周辺の土地を買ったときよりも高い。

でも、払えない金額ではない。あとは建物を見てから判断することにする。

「それじゃ、今から案内するわね」

お店の場所は孤児院の方角にあるため、わたしは来た道を戻ることになる。お店の場所はミレーヌさんの言う通り、孤児院に比較的近く、周辺に建物はないけど、少し移動すれば人通りのある道もある。もし、行列ができることになっても、他に迷惑をかけることはない。

ただ、問題は……。

「お店?」

どっから見てもお屋敷なんだけど。気のせいかな? 目を擦《こす》って何度見ても、小さいけどお屋敷だ。

「わたし、店を頼んだんですけど」

「ええ、だから、このお屋敷を改築して、お店にするつもりよ」

お屋敷をお店にか。場所的には問題はない。価格もお屋敷と考えると安いかもしれない。

「中って見ることはできますか?」

「もちろん、できるわよ」

ミレーヌさんは鍵を取り出すと、扉を開けて屋敷の中に入る。正面には大きな階段があり、その周辺は大きなフロアになっている。

ここにテーブルや椅子を並べて、お客さんが食べる場所にするといいかもしれない。

入って左手に通路があり、進むと、キッチンがある。広さも十分だ。モリンさん、カリンさんが仕事をして、孤児院の子供たちが手伝うスペースもある。

「冷蔵倉庫もあるから、食材を置くのも困りませんよ」

　倉庫を覗《のぞ》くと、大きい。これなら、卵やプリンの保管はもちろん、チーズやパンに使う食材の保管も大丈夫そうだ。思っていたよりもいいかもしれない。

「反対側の通路は？」

「部屋があって、そこから中庭を見ることもできるわ」

　確認しに行くと、部屋がいくつかあり、それぞれの部屋から庭を見ることができる。特別室にするのもいいかもしれない。

　次に2階を確認していく。

　階段を上ると、1階ほどではないが広いフロアがあり、部屋が複数ある。

　貴族のお屋敷だったそうで、部屋の中にはベッドやクローゼットなどの家具がそのままになっている。住もうと思えばすぐにでも住めそうだ。

　1階はお店にして、2階はモリンさんたちに住んでもらってもいいかもしれない。ただ、長い間、掃除もされていなかったのか、よく見るとカーペットと壁が汚れている。これらの清掃は業者に頼むそうだ。

　わたしはこの小さなお屋敷を購入することに決め、今後の細かい話は明日以降にして、今日は購入の手続きだけを行《おこな》った。

76　クマさん、お店を改築する

お店を購入した翌日、戻ってきた報告とお店のことを相談するため、院長先生に会いに孤児院に向かう。

孤児院の外では幼年組が遊んでいるのが見えた。なかには見覚えのない子もいるけど気のせいかな？

院長先生は、孤児院の中にいるそうだ。

近寄ってきた子供たちを集め、お土産として王都で買ってきた果物を渡す。食べてみたら甘酸っぱい果物だった。全員で仲良く分けるように言う。子供たちは素直に返事をすると孤児院の中に入っていく。わたしも院長先生に会うため、子供たちについていく。

「あら、みんな、それはどうしたの？」

院長先生の声が聞こえてくる。

「クマのお姉ちゃんにもらったの」

「ユナさん？」

「院長先生、戻りました」

「ユナさん。戻られたんですね。お仕事、お疲れさまです」

そうだよね。一応、護衛の仕事で王都に行ったんだよね。王都に遊びに行った気分になっていた。

「院長先生、子供たちはどうですか?」

「ユナさんのおかげで元気ですよ。よく食べ、よく寝て、よく働いています」

それはいいことだ。

院長先生にパン屋さんを作ること、孤児院の子供たちに手伝ってほしいことを話した。

「パン屋ですか?」

「それで、子供たちに手伝ってもらいたいんだけど」

「そうですね。鳥のお世話が苦手な子もいますし、料理が好きな子もいます。自発的にやりたがる子がいましたら、やらせてあげてください」

確かに料理好きなら即戦力になるし、パンを作るのだって肉体労働だ。嫌々《いやいや》やっても長続きはしない。好きだからこそ、長続きする。

「ちなみに何人ぐらい必要そうでしょうか?」

お店の広さを考えるとそれなりの人数が欲しい。

「調理、接客、ともに3人ずつ欲しいから6人かな。もちろん、ローテーションで回すから全員に仕事はひと通り覚えてもらうけど」

「分かりました。とりあえず、子供たちを集めて本人たちに聞いてみましょう」

院長先生は近くにいる子に、全員集まるように伝えてと指示を出す。すると、幼年組の子供たちは手分けをして、他の子供たちを探しに行った。

主に鳥小屋にいるはずだが、孤児院にいる子もいるだろう。待っていると食堂に子供たちが集まりだす。

「院長先生なに？」

「全員集まってから話します。来た者から座って待ちなさい」

院長先生の言葉に子供たちは素直に従う。たまにわたしに気づいて近寄ってくる子もいたが院長先生が注意して席に着かせる。そして、孤児院の子供たちが全員集まる。やっぱり、増えてない？

「あなたたち、今から言うことをしっかり聞きなさい。あなたたちの将来を決めることかもしれません」

「将来を決める」って院長先生は大袈裟《おおげさ》なことを言うものだと思ったけど、あり得ない話ではない。パン職人として、技術を手にしたらそれを仕事として生きていくことができる。孤児院の子供としては新しい未来が見えることになる。

「今度、ユナさんがパン屋さんを作るそうです。そこで、６人ほどお手伝いをしてほしいそうです。肉体労働になります。接客もします。いろいろと大変だと思いますが、やりたい子はいますか？」

「作るのはパンだけ？」

「主にパンだけど。プリンも作るよ」

「はい！　俺やります」

「俺も」

「わたしも」

プリンを作るって言った瞬間、数人の手が挙がる。

「言っておくけど、プリンは売り物だよ。自分たちが食べることはできないよ」

「え」

「当たり前でしょう。あと、お金も扱ってもらうから、字の読み書き、数字の計算ができる子を優先にするよ」

「え～」

これればかりは、しかたないことだ。商売をするなら商品の名前を覚える必要もあるし、お金の計算もできなくては困る。

「わたし、字の読み書きも計算もできます。やりたいです」

「僕もできます」

「俺も少し計算は苦手だけど、やりたいです」

「わたしも料理作りたいです」

次々と手が挙がる。その中から院長先生が判断して選んでくれる。

女の子4人、男の子2人。一番年上の女の子で12歳のミルにリーダーになってもらい、まとめ役をお願いする。

「それじゃ、お店の準備ができたら、手伝ってもらうからね」


孤児院で話を終えたわたしは、必要なものを準備するためにお店になるお屋敷に向かう。

それにしても大きい。ファストフード店のような店をイメージしていたわたしとしては、屋敷の前に立つとどうしてもそう思ってしまう。まあ、買ってしまったのだから考えてもしかたない。

立地条件は申し分ない。孤児院からも近く、土地も広く、街の中央通りから、少し離れた位置だけどお客さんが来れない距離でもない。

わたしはミレーヌさんからもらった鍵でドアを開けて中に入る。まずはパンとピザを作るのに必要な石窯《いしがま》を設置するためにキッチンに向かう。

キッチンにある邪魔なものは一度クマボックスにしまい、広くなったキッチンを見渡し、石窯の設置場所を決める。

このあたりでいいかな?

部屋の端のところに石窯を3つほど設置する。冷蔵倉庫は先日確認したので大丈夫。あと、必要なものはあるかな?

考えてみるが思いつかない。他に必要なものはモリンさんが来てから相談することにする。

キッチンの作業を終え、わたしは2階に上がってみた。

1階に比べると狭いが、フロアはある。状況次第ではここも活用してもいいかもしれない。

フロアを抜けると、左右に通路があり、部屋がある。客間や寝室だったと思われる部屋。ベッドも家具も備え付けられている。

ここはやっぱり、モリンさんたちに使ってもらえばいいかな。

2階の確認を終えたわたしは次に庭に出る。

少し広めの庭園がある。天気が良ければ、オープンカフェにしてもいいかもしれない。でも、手入れがされていないため、草木が伸びている。ここもミレーヌさんと相談しないとだめだね。

屋敷を購入して数日、開店するための準備は着々と進んでいく。

お店の中も庭園もミレーヌさんのおかげで綺麗になった。

そして、ミレーヌさんとティルミナさんと一緒に内装を相談する。椅子やテーブルの数。空いている部屋や庭園の活用方法について話し合うが、わたしは希望だけを伝えて、ほとんどのことは2人にお任せした。

店の準備を進めているうち王都からモリンさん母娘が到着し、孤児院にやってきた。

まだ、店の場所も決まっていなかったし、わたしが家にいるとは限らなかったので、待ち合わせ場所は孤児院にしてあった。

孤児院なら、院長先生やリズさんがいるから、連絡がつく。

「ユナさん、もう着いていたのですね」

クマの転移門で帰ってきたとは言えず。

「うん、ちょっと先回りをして」

2人は長旅で疲れたのか疲労が見える。

とりあえず、細かい話は明日にすることにして、2人には休んでもらうことにした。院長先生に簡単に2人を紹介してから、さっそく2人に住んでもらうつもりのお店に向かう。

「それで、ユナさん。宿屋は遠いんですか？」

後ろを歩く、娘のカリンさんが尋ねてくる。

「宿屋じゃないよ。向かっている先はモリンさんとカリンさんが働くお店だよ」

「お店ですか？」

「お店に空き部屋があるから、そこに住んでもらおうと思っているんだけど」

そんなわけで2人を連れて、お店に到着した。

モリンさんとカリンさんがお店を見て固まっている。

「ユナちゃん、これはお屋敷？」

2人の目の前にはお店という名のお屋敷が建っている。

「元ね。これからはモリンさんたちが働くお店だよ」

「お店？　もしかしてここでパンを売るの？」

「まだ、改築は中しか終わってないけどね」

まだ、看板もお店の名前もない。それはみんなで考えようと思ったため。

軽食屋、喫茶店、パン屋、ピザ屋、プリン、何屋？　そんな感じでわたし一人の脳内では決まらない。

「こんなところでパンを……」

「お店のことは明日にでも説明するから、今日はゆっくり休んで」

2人を連れて屋敷に入る。

「凄《すご》いわ」

「お母さん、本当にここでパンを売るの？」

綺麗になったフロアを見渡す2人。

「1階をお店に使う予定だから、2階の部屋を使って」

2人を連れて2階に上がる。

「わたしたち本当にここに住むのですか？」

「仕事場が近いからいいでしょう」

2階の奥の部屋に連れていく。目立った装飾品はないけど、綺麗な部屋だ。貴族が住んでいたためか窓枠一つとってもおしゃれな造りになっている。

「とりあえず、王都で預かった荷物を出すけど、配置とかリクエストがあったら教えて」

王都で預かった大きな荷物はわたしのクマボックスに入っている。それを出していく。

「あと、備え付けの家具は自由に使っていいからね」

「こんなベッドで眠れるかな？」

カリンさんはベッドに触る。

「布団新しいから気持ちいいよ」

「何から何までありがとうございます」

頭を下げるモリンさん。

「あと、お風呂も掃除はしてあるから。自由に使っていいからね」

「お風呂……」

「考えるだけで怖いわね」

「他に必要なものがあれば用意するから」

「特には。凄すぎて」

「わたしもです」

まあ、しばらく住んでみれば、足りないものが分かってくるものだ。

「それじゃ、また明日来るから、今日はゆっくり休んでね」

わたしは２人を残してお店を出る。

翌日、孤児院に寄って店で働く6人の子供たちを連れてお店に向かう。子供たちは店には何度か来ている。初めて来たときは驚いていたけど、ここで働くことに嬉しそうにしていた。

お店に着くと美味《おい》しそうなパンの匂いが漂ってくる。キッチンに向かうとモリンさんとカリンさんがパンを焼いている姿があった。

う～ん、2人がパンを作っているなら朝食を食べてくるんじゃなかった。

「モリンさん、カリンさん、おはよう」

「ユナさん、おはようございます」

わたしに気付いたカリンさんが挨拶《あいさつ》をしてくれる。

「よく眠れた？」

「はい、疲れていたみたいで、布団に入ったら一瞬で」

「それは良かった」

モリンさんがこちらにやってくる。

「ユナちゃん、おはよう」

「もう、パンを焼いているんですか？」

「この石窯の調子をみたかったからね。パンの材料もあったから夜のうちに仕込みをして」

どうやらわたしが帰ったあと、キッチンを調べたのかな？

「それで石窯の調子はどうですか。調子が悪かったら言ってね」

「とってもいい石窯ですよ。あとは焼いてみて、経験を積んで石窯の癖をみます」

「石窯の癖？」

「熱がこもりやすい場所、どのくらいの時間で温度が上がるのか。それぞれの石窯によって変わってきますから、それによってパンの焼き具合が変わってくるんですよ」

……プロの職人だ。わたしなんてピザを焼くとき何も気にしない。すべてが適当だ。だから、モリンさんは、あの美味しいパンが作れるんだね。

「それで、その子供たちは？」

「昨日、簡単に説明したと思うけど、お店を手伝ってもらう子供たちだよ」

子供たちはモリンさんに元気よく挨拶をする。

「この子たちにパンの作り方を教えてもらえませんか。もし、旦那さんの大切なレシピで教えられないなら、無理にとは言いませんけど」

そうなったら、子供たちにはプリンとピザを作ってもらうことにする。

モリンさんは子供たちを見て、微笑む。

「大丈夫よ。主人の考えたパンが広まるのは嬉しいですから」

「それじゃ、みんな。パンの作り方を教わって、作ったら孤児院に持って帰ってあげて」

子供たちは元気よく返事をする。

77　クマさん、お店の名前を考える

お店の準備はだんだんと整ってきたが、問題が一つ残っていた。

まだ、お店の名前が決まっていないことだ。そのことをモリンさんに相談したら、「ユナちゃんの店なんだから、ユナちゃんが決めていいよ」と言われてしまった。

でも、わたしにはネーミングセンスが壊滅的にない。ゲームにも本名を使うほどだ。召喚獣のクマも、クマってだけの理由で「くまゆる」「くまきゅう」と名づけた。くまゆるとくまきゅうは喜んでくれているけど。自分のネーミングセンスに自信は持てない。この数日間考えたがいい案は出ない。なので、みんなから名前を募集することにした。

集まったメンバーは、お店の店長であるモリンさんにその娘のカリンさん。店を手伝ってくれる孤児院の子供たち。お店の改築でもお世話になった商業ギルドのミレーヌさん。冒険者ギルドでお世話になっているヘレンさん。親子ともどもお世話になっているティルミナさんにその娘のフィナにシュリ。王都から戻ってきたノアの14人。

それでさっそくみんなに聞いてみた。

「クマのパン屋さん」

「クマさん食堂」

「クマのピザ屋さん」

「クマさんとプリン」

「クマさんの食べ物屋さん」

「クマさんと一緒」

「クマさんの……」

「クマの……」

延々とクマの名前が並ぶ。

「えーと、どうして、みんなクマなのかな？」

なんとなく分かるけど聞いてみる。もしかすると、私の予想と違う答えが返ってくるかもしれないし。

「だって……」

「それは……」

「ねぇ……」

みんなの視線がわたしに集まる。

はい、理解しました。想像どおりの答えだった。わたしのお店だからって、クマって。

それだとわたしが「くまゆる」「くまきゅう」ってつけたのと変わらないような気がする。

否定するつもりもないから、別にいいんだけど。実際にクマがつく名前のお店は元の世界にもあった。でも、全員が言うと悲しくなる。

「なら、『冒険者ユナのお店』は?」

「却下!」

ヘレンさんのアイディアを切り捨てる。なにが悲しくてお店に自分の名前をつけないといけないんだ。それなら、「モリンのパン屋」でもいいと思う。それをモリンさんに言ったら「ここはユナちゃんのお店だからね」とやんわりと却下された。

「やっぱり、クマがいいと思います」

「そうよね。ユナちゃんのお店なんだから」

ノアの言葉に全員が頷《うなず》き「クマ」がつく名前に決まり、みんなは新たに意見を出し合う。もう、「クマ」で確定みたいだ。みんなもわたし同様にネーミングセンスはないのかもしれない。

でも、一向に名前は決まらない。

「それじゃ、先に店で働く制服を決めない? わたし制服を考えてきたんだけど」

お店の名前が決まらずにいると、ミレーヌさんがそんなことを言い出した。

「制服ですか?」

「接客するときの格好よ」

王都で一度だけ、大きな店に入ったとき、店員さんがエプロンドレスみたいな服を着ていたのを思い出す。確かにあれは可愛《かわい》かった。

でも、異世界なら、メイド服や執事服もいいかもしれない。子供たちが着ているのを想像してみる。これはこれで似合うと思う。

「いいですね。制服」

「でしょう。とりあえず、試しに一着作ってきたんだけど」

ミレーヌさんがアイテム袋から折りたたまれた一着の制服（？）を取り出して、広げる。

「クマ？」

「ユナちゃんの店なら、やっぱりクマでしょう」

とんでもないことを言いだしたミレーヌさんが広げたのは、クマの形をした服だった。

「わたし＝クマ」って、そんな公式は存在はしないし、作らないでほしい。

そして、ミレーヌさんはぐるっと見渡して、孤児院の女の子に視線を留める。

「ミルちゃんだっけ、着てみてくれる？」

制服の試着をミルに頼む。いくらミルでも、こんな恥ずかしい格好の服を着てくれるわけがない。断るに決まっている。

「いいんですか！」

でも、ミルは嬉しそうに言う。その顔には嫌がるような表情は見えない。さらに驚いたことに羨《うらや》ましそうに見る子供たちもいる。

「いいな」

「ずるい」

「わたしも着たい」

おかしい。感覚がわたしと違う。クマの制服を受け取ったミルは嬉しそうな顔をして、他の子供たちは羨ましそうな顔をしている。わたしがおかしいの？

「えっと、恥ずかしくないの？」

「恥ずかしくはないです。だって、ユナお姉ちゃんと一緒で、嬉しいです」

他の子供たちも頷いている。もしかして、わたしが孤児院を助けたことで、変なイメージがついちゃっている？　ヒーロー的ななにかとか。

ミルはクマの制服に着替えるため、この場でいきなり服を脱ぎだす。

「ちょっと、ミル！　いきなり、こんなところで服を脱がないの！」

ミルを止める。止められた当人はわたしに注意されたことに首を傾《かし》げている。

「女の子は人前で服を脱いじゃダメだよ」

「そうね。女の子は簡単に服を脱いだらダメね」

ミレーヌさんは立ち上がると、ミルを連れて奥の部屋に行く。ミルも12歳なんだ。もう少し、羞恥心《しゅうちしん》を持ってもらいたい。

年下とはいえ男の子もいるし、今後も成長するんだから、更衣室を作らないといけないね。

しばらくして、クマの制服を着ているミルが戻ってくる。

わたしのクマの着ぐるみに似ており、クマさんフードもちゃんとある。お尻にも小さな尻尾もあり、可愛らしいクマの格好だ。

制服って言うよりはクマさんパーカーになるのかな？　でも、これを着て仕事をするの？

「どうですか？」

クマの制服を着たミルは嬉しそうにその場をゆっくりと回る。

だから、どうして嬉しそうにするの？

「似合っているね」

「いいな」

「可愛い」

周りからも好評の声が上がる。悪くはないよ。可愛いよ。でも、クマだよ。クマの制服だよ。止めたいけど、止める言葉が出ない。可愛いから否定する言葉が出てこない。

でも、なにか物足りない気がする。ミルを上から下まで見回す。

うん？　そうか、靴がないから、違和感があるんだ。

わたしがミルの足元を見ていることに気づいたミレーヌさんが、思い出したようにアイテム袋に手を入れる。

「ミルちゃん、これを履《は》いてみて」

アイテム袋から取り出したのは、わたしの靴を真似たような靴だった。色は服と同じ黒色で、片方が白いってことはない。ミルは履いている靴を脱いでミレーヌさんから受け

取った靴を履く。間違いなくクマの靴だ。

「あら、靴まであるのね」

ティルミナさんを含む全員がミルの足を見る。

「ええ、職人にクマの足っぽい靴を作ってもらったの」

ミルの小さな足がわたしのクマの靴を再現した靴に収まっていた。

この人は用意がいいっていうか、行動力がありすぎ。

「本当は手袋も考えたんだけど、料理を作ったり、運んだりするのには邪魔になると思って、靴だけにしたのよ」

確かに手袋は邪魔だよね。

「履き心地はどう？」

「とってもいいです」

ミルはクマの靴を履いて嬉しそうに店内を歩く。

「本当にこれを着て仕事するの？」

一応、確認のため尋ねてみる。

「ええ、ユナちゃんの許可が出ればね」

「ユナお姉ちゃん、わたし着たいです」

ミルにおねだりするかのようにせがまれる。別にわたしが着るわけじゃないからいいんだけど（すでに着ているけど）。

「みんながいいなら、いいよ」

まあ、子供たちが喜んでいるなら、わたしとしては問題はない。無理やりに着せるなら、問題はあるけど。

「わたしいいよ」

「わたしも」

「僕も」

えーと、男の子たちも着たいの？　大人になったら、恥ずかしい思い出になるよ。消せなくなるんだよ。

「それじゃ、制服はクマってことで」

ミレーヌさんは自分のアイディアが採用されて嬉しそうにしている。

「ちょっと待ってください。それ、わたしも着るんですか？」

今まで黙っていたカリンさんが、クマの制服姿のミルを指す。

そうだよね。働くのは子供たちだけじゃない。カリンさんも働くことになっている。働くってことはカリンさんもこの制服を着ることになる。

「子供たちは可愛いですけど、わたしは……」

カリンさんの年齢はたしか17歳だ。日本でいえば高校2年生。確かに、部屋着ならまだしも、人前に出るとなれば恥ずかしいかもしれない。

「カリンさんも似合うと思いますよ」

「ミレーヌさんは自分が着ないと思って」

「わたしは20代ですから。カリンさんは確か17歳ですよね。十分似合いますよ」

「わたし、そんな恥ずかしい格好で接客なんてできません」

今、カリンさん。恥ずかしい格好って言ったよ。思っていても、それを着ている本人の前で言いますか。目の前に24時間クマの格好をしている人がいるんですよ。接客どころか、クマの格好で悪い奴を倒し、魔物を倒し、王都まで行って、国王にも会っているよ。

「わたし、キッチンでお母さんとパンを作りますから、着ないでいいですか？」

「子供たちだけで接客なんてできないよ。それに、フロアの責任者はカリンさんなんだから」

これは一応話し合っている。キッチンの責任者はモリンさん、店内はカリンさんが子供たちに指示を出すことになっている。

「でも……」

カリンさんは困った表情を浮かべる。

「ふふ、冗談ですよ」

「ミレーヌさん？」

いきなり、笑いだすミレーヌさんに戸惑うカリンさん。

「これは子供だけです。カリンさんが着たいと言うのでしたら、用意しますよ」

「しないでいいです」

そんなに嫌がらなくてもいいのに。

「でも、クマの帽子は被《かぶ》ってもらったほうがいいかしら」

とりあえず、カリンさんは着ずにすむことになって安堵《あんど》の表情を浮かべる。ミレーヌさんはミルのクマの制服姿を見て嬉しそうにしている。

「ミルちゃんも試着ありがとうね」

でも、制服代はいくらなんだろうと尋ねると、ミレーヌさんが自腹で支払うと言う。

「わたしが言い出したことだからね」

それでは悪いいし、予備も必要になると思うので、その分はわたしが支払うことにした。

「それで、お店の名前はどうするの？」

フィナの言葉で全員が思い出し、あらためてみんなでお店の名前を考え始める。

そして、長い、長い、話し合いの結果、お店の名前が決まった。

みんながゆっくりと食事をできるお店になるように『くまさんの憩《いこ》いの店』とつけられた。

78　クマさん、お店を開店する

お店の名前も決まり、看板はミレーヌさんが商業ギルドで手配してくれた。

そして、お店の名前が『くまさんの憩《いこ》いの店』ならお店もクマっぽくしようとアイディアが出る。

みんなが言うには、クマハウスみたいな、ひと目で『くまさんの憩いの店』と分かるようなお店がいいと言う。

「で、わたしが作るの？」

「職人に任せたら時間がかかるけど。ユナちゃんなら作れない？」

まあ、クマハウスが作れますからね。

「でも、すでに建物はあるから、わたしの家みたいにはできないよ」

「そこはユナちゃんに任せるわ。ユナちゃんの魔法でどの程度のものが作れるか、分からないから」

そんなわけで、わたしがお店をクマっぽくすることになった。

でも、クマさんっぽい店って、どんな店よ。外観はすでにあるんだから、クマハウスみたいにするわけにはいかない。意外と面倒ごとを任せられたかもしれない。

話も終わると、みんなはそれぞれの仕事や家に戻っていく。

ミレーヌさんとティルミナさんは看板と制服の話をするため、商業ギルドに向かう。モリンさんとカリンさんは片づけをするためにキッチンに移動する。ミルたち孤児院の子供らは、本日の練習で作ったパンを孤児院に持って帰る。ヘレンさんも帰り、ノアもメイドのララさんが迎えに来て帰っていった。残ったのはフィナとシュリの2人になる。

「これで、お店が始まればいつでもプリンが食べられるんですね」

「卵の数によるから、あまり作れないけどね」

商業ギルドにも卵を定期的に卸さないといけないので、そのあたりはティルミナさんとミレーヌさんが話し合って決めることになっている。フィナの場合は作り方を知っているし自分で作ることもできるから、わざわざお店で食べる必要はない。

「それで、2人に聞くけど、クマさんっぽいお店ってどんなお店だと思う？」

「クマさん！」

「なにか、クマの置物でも置いたらどうですか？」

クマの置物か。クマハウスも作れるぐらいなんだから、それなら、魔法で作れるかな？

まず、店の入り口に2体のクマの置物を設置することにする。クマさんパペットに魔力を集め、イメージをする。元の世界にはねんどろいどという2・5頭身の可愛《かわい》いフィギュ

アがある。

材料は粘土。色が欲しいな。魔法でいろんな種類の色の土を集める。さすがに綺麗な彩色はできないけど単色よりも色合いが増える。

そして、丸みがかった2頭身のねんどろいど風の大きなクマの置物だ。

「か、可愛いです」

「クマさん！」

2人はねんどろいど風のクマの置物に嬉しそうに駆け寄る。

「こんな感じでいいのかな？」

「はい。可愛くていいと思います」

2人の好感触を得たので、2階や外の目立つところにねんどろいど風のクマを設置していく。クマの置物を作ったはいいけど。あらためて、建物を正面から見ると、なんの店なのか分からない。絶対にパンを売っているお店とは思えない。正面に戻り、大きなクマにパンを持たせることにする。これで、少しはパン屋に見えるかな？

お店の外は終えたので、次に庭園に向かう。ここも話し合った結果、オープンカフェにする予定になっている。外で食べる食事は美味《おい》しいと、皆が賛成したためだ。なので、庭園にもクマの置物を作っていく。同じ形だけではつまらないので、いろんなバリエーションを作る。

木に寄りかかるクマ、パンチをするクマ、親グマと子グマ。寝ているクマ。オブジェならこんなものかな。

シュリは駆け寄ると寝ているクマに抱きつく。

「シュリ、服が汚れるよ」

フィナはシュリを連れて戻ってくる。

「くまさん……」

シュリが名残《なごり》惜しそうにするが、カフェテラスは以上にして、2人を連れてお店の中に入る。

「お店の中にも作るんですか?」

「う～ん、ここまでやったら、作ったほうがいいと思って。どこに作ろうか」

店内にはテーブルがあり、通路に作るわけにもいかない。

「無理に大きいのは作らないで、小さいクマさんでも」

確かにそうだね。

わたしは店内を見渡し、テーブルを見る。ここでいいかな?

近づいて、テーブルの真ん中に2頭身のねんどろいど風の小さいクマを設置する。

「小さいくまさんだ」

シュリは椅子に座って、テーブルのクマを触っている。

「シュリ、取っちゃダメだよ」

「だって、可愛いから」

シュリの行動を見ると、持って帰るお客さんが出そうな気がする。わたしは魔法を追加して、テーブルから離れないようにする。シュリに「触っても取れないよ」と言うと、一生懸命に力を込めているが、外れる様子はない。これで、持っていかれることはないかな？

同様に他のテーブルにもいろいろなポーズのクマを設置していく。

立ち上がるクマ、戦うクマ、寝るクマ、走るクマ、重なるクマ、踊るクマ、剣を持つクマ、魚を食わえたクマ、ハチミツを食べるクマ、組み合うクマ、いろいろなクマの置物をテーブルに飾っていく。

テーブルが終わると、壁、柱にもよじ登るクマ、ぶら下がるクマ、爪を研《と》ぐクマを設置する。店内のあちらこちらに2頭身フィギュアのクマが飾られる。

こんなものでいいかな。

わたしが満足していると、2階からカリンさんが下りてきた。

「ユナさん、何をしているんですか？」

「クマっぽくしてみたんだけど」

カリンさんは店内に飾られているクマの2頭身フィギュアを見る。

「可愛いですね。こんなクマだったら森で会っても怖くないですね」

カリンさんはテーブルの上のクマを指で突っつく。

「お客さん、来てくれるかな？」

心配そうに呟く。

知らない土地、新しいお店、新しい食べ物。そんな不安があるのだろう。

「来ると思うよ。あっちこっちに宣伝もお願いしているし。それにモリンさんのパンにピザ、プリン、ポテトチップにフライドポテトもあるしね」

「ポテトチップにフライドポテト、美味しかったです」

試食に出したときに好評だったので、店でも販売することになった。

「あと、パンにチーズも合うんですね。とても美味しかったです」

「チーズは在庫が少し不安なんだよね。もしかすると、売れ行き次第で足りなくなるかも」

チーズはパン、ピザで使用するため使用量が多い。ジャガイモと同様に在庫が心配だ。

「チーズはどこから仕入れているんですか」

「王都に売りに来たお爺《じい》さんから買ったんだよ」

「王都に来た？　それじゃ」

「大丈夫。村の場所も聞いたから、足りなくなったら買いに行くよ」

「ジャガイモはどうなんですか？」

「来月過ぎに孤児院に届くはずだけど、間に合わなかったらわたしが買いに行くしかないかな」

行くのは面倒だから、なくなる前に来てくれると、助かるんだけど。でも、フィナとティルミナさんの話ではたまに街でも売っていると聞く。

「それだけ、お客様が来るといいですね」

「そうだね」

お店の開店は10日後を予定している。それまでには看板も制服もできあがるそうだ。チラシも作ることになっていて、商業ギルドや冒険者ギルドに貼らせてもらう予定になっている。

あとは子供たちの頑張り次第だ。


わたしが作ったクマのフィギュアはみんなから大好評を得た。

ミレーヌさんには看板の横にも作るように頼まれ、断ることもできずに、クマのフィギュアを看板の端に抱きつくように作る。

一応、わたしがお店のオーナーなんだけど、面倒な手続きや交渉はミレーヌさんが率先してやってくれる。お店に必要な食器や雑貨、食材なども安く手配してくれるので、ミレーヌさんからのお願いは断りにくくもある。

でも、わたしとしては助かるからいいけど、本来の仕事のほうはいいのかな。

尋ねてみると「これも商業ギルドの仕事だから、問題はないのよ」と言われてしまった。

制服も完成し、子供たちも喜ぶ。予備の制服も、手伝うことがあるフィナやシュリの分も用意した。

子供たちも料理名や値段を覚えて計算の練習もする。それから料理も覚え、接客の挨拶《あいさつ》の練習をする。子供たちは弱音も吐かずに、一生懸命に勉強していた。

そして、開店の当日。全員が緊張していた。子供たちはそわそわして、何度も外を見ている。平気そうなのはモリンさんとわたしぐらいだ。開店時間になり、お店を開けるが、誰一人やってこない。

「誰も来ませんね」

カリンさんは入り口を見る。誰も入ってくる様子はない。

「まあ、開店したばかりだからね」

やる気になっていた子供たちも残念そうにしている。

う〜ん、宣伝が足りなかったかな？

一応、商業ギルドではミレーヌさん、冒険者ギルドではヘレンさんがチラシを貼って宣伝してくれることになっている。他にも知り合いにチラシを貼らせてもらっている。

お店を開けて、しばらく待っていると初めてのお客様がやってきた。

「おい、来てやったぞ」

来てくれたのは冒険者ギルドのギルドマスターだった。

「いらっしゃい」

本当なら子供たちが接客をするんだけど。ギルドマスターだったため、わたしが接客することにした。

「それにしても変な店だな」

店内を見渡しながら言う。店内にはクマのフィギュアがいろんな場所に飾ってあり、接客する子供たちはクマの制服を着ている。

「やっぱり、入りにくかった？」

「外のクマか？　どうだろうな？　確かに人によって入りにくいかもしれないが、逆に気になって中に入るんじゃないか？」

確かに目立つからね。一応、クマにパンを持たせて、パン屋をイメージさせているけど。

「それで何を注文する？」

カウンターまで一緒に進み、尋ねる。

「お勧めはあるか」

「ピザ、ハンバーガーとパンは主食用で、ポテト系はつまみ系、プリンはおやつ。お腹《なか》と相談して」

注文の仕方は奥のカウンターで注文して金を払い、商品と交換するシステムになっている。ピザは焼くので少し待ってもらうことになる。

「そうか、なら、ヘレンからピザが美味しいと聞いたから頼む」

「あと、飲み物はどう？　ピザは脂っこいからサッパリした飲み物がお勧めだよ」

「それじゃ、飲み物はオレンで頼む」

カウンターで注文を言い、ギルドマスターには代金を払ってもらう。

そして、数分後、モリンさんがピザを焼いて、すぐに子供たちが運んでくる。

「これがピザか」

ギルドマスターは初めて見るピザを興味深そうに眺める。そしてピザとオレンの果汁を受け取ると席に向かう。

「ではいただくか」

ギルドマスターはピザをひと口食べる。そして、ふた口、3口目と続く。

「うまいな」

ギルドマスターの手は止まらず、全てのピザをあっという間に食べ終わり、最後にオレンの果汁を飲み干す。

「お口に合ったみたいで、よかったよ」

「他の食べ物も美味しいのか？」

「それは自分で確かめてとしか言えないよ。味の好みは人それぞれだからね」

「そうか、追加注文する場合はどうしたらいいんだ」

「さっきと同様にカウンターに行って購入してもらえれば大丈夫だよ」

ギルドマスターは立ち上がって、カウンターに行くとハンバーガーを注文する。ギルドマスターはハンバーガーも美味しそうに食べ、満足げにお店を出ていった。

時間が経《た》つと、徐々に人がやってくる。

店を開けた時間が悪かっただけかもしれない。昼食の時間に近づくにつれて、お客様が増えてくる。

　ギルドマスターやヘレンさんのおかげなのか、冒険者たちもやってくる。最初はクマの置物に笑う者もいたけど、わたしが睨みつけると口を閉じて、黙って料理を注文する。冒険者たちはパンやピザを注文する。そこにわたしが、ポテトチップとフライドポテトもお勧めすると素直に注文してくれる。そして、料理を食べ終わると冒険者たちは満足して帰っていく。

　それからも、ミレーヌさんやチラシの効果で一般のお客様も来てくれた。うん、初日にしては良い感じだ。


……そう思っていたときがわたしにもありました。でも、昼食の時間が過ぎた辺りから、お客様は減るどころか、増えていく。

　どうやら、昼食を食べたお客様が広めてくれているようだ。

　クマの置物が噂《うわさ》を呼び、パンの美味しさがお客を呼び、プリンによって、さらにお客様が増えていく。いくつ売れるか分からなかったし、卵の在庫もあったので、300個用意したが、そのプリンも減っていく。卵の値段が下がったといっても、プリンの価格はまだ少し高い。なのに女性客が次から次へと買っていく。お一人様1個までにしたけど、食べ終わると再度注文する人もいる。注文時に注意することはできるけど、食べ終わったあとにもう一度注文されるとチェックが行き届かない。

さらに、今度は仕事を終えた冒険者がやってくる時間になる。ギルドマスターとヘレンさん、宣伝し過ぎだよ！　嬉しい悲鳴に泣くことになった。

プリンの在庫はなくなり、落胆して帰っていく人も増える。作り置きのパンはすぐになくなり、モリンさんは新しくパンを焼いていく。子供たちも手伝うが、注文が多い。フィナも途中から手伝いに参加してくれる。

わたしは店内でトラブルにならないように接客をする。冒険者が暴れると、カリンさんや子供たちでは対処できない。

昼食の時間帯が終わったら従業員の昼食と思ったけど、食べる時間もない。

材料もなく、夕食時に食事を出すことはできそうもなかったので、夕食の時間前には閉店することになった。

79　クマさん、冒険者ギルドに依頼を出す

椅子に座って全員が休んでいる。いつも元気な子供たちも、疲れているようだ。

「はい、疲れました」

「つかれた〜」

「まさか、こんなにたくさんお客様が来るとはわたしも思わなかったわね」

モリンさんが苦笑いでお茶を飲んでいる。

「どうして、こんなにお客様が多いの？　クリモニアにはパン屋はないの？」

カリンさんがテーブルにうつ伏せになりながら、聞いてくる。

「あるよ。それだけ、モリンさんのパンが美味《おい》しかったってことだよ」

わたしがモリンさんのパンを褒めると、カリンさんは嬉しそうにする。

「ユナちゃんのピザもプリンもよく売れていたよ。ピザを何枚焼いたか覚えていないよ」

モリンさんのパンだけでなく、ピザもプリンもフライドポテトも売れた。

「でも、これは明日はまずいかもしれないわね」

モリンさんの言葉に同意だ。お客様もそうだけど、このままだと材料も足りなくなる。

「モリンさん、キッチンのほうはどうですか？」

「パンは前日に仕込みをして、早朝に焼くけど。量を増やすには、石窯がもう少し欲しい。あれば同時に焼くことができるからね」

石窯を増やすだけでいいなら、簡単にできる。

「あとはピザの注文が入るたびに焼いたり、売れ行きのいいパンを追加で焼くだけだからね。子供たちも手伝ってくれているから、なんとかなったわよ。ただ、このままの客足なら、明日の仕込みが大変。かなり準備をしないと、今日みたいになってしまうわ。休める時間がないのはよくないね」

確かにそうだ。前日にパンの仕込みをして、早朝からパンを焼いて、焼き上がるとお店を開く。これでは休む時間がない。休息がないと効率が悪くなるし、ミスの原因にもなる。

「お店を開く時間を遅らせたらどうかな。お客様が増えだしたのはお昼近くだし、それまでに準備をして、みんなはお店が始まる前に昼食をとっておけば、今日みたいなことにはならないと思うけど」

今日は子供たちには食べさせることはできたけど、モリンさんとカリンさんとわたしは食べていない。

「そうしてもらえると助かるわね。子供たちも休ませてあげたいし」

モリンさんは子供たちを見る。子供たちは椅子の上で船を漕いでいる。初日ってことで、緊張もしていただろうし、疲れたのだろう。

「あと、閉店時間だけど、一日分の材料を決めて、それがなくなったらお店を閉めよう」

モリンさんは売れるたびにパンを追加していた。それでは終わりが見えなくなる。

「いいの？」

「別にお金儲《もう》けをするために作ったわけじゃないし。モリンさんたちがパン屋さんを続けることができて、子供たちが働くことができれば問題はないですよ。もちろん、赤字じゃ困るけど。この売れ行きをみれば、大丈夫だよね」

わたしは様子を見に来て、途中から手伝ってくれたティルミナさんに尋ねる。

「ええ、十分に利益は出ているわ。でも、お店の購入代金のことを考えると、稼げるときに稼いだほうがいいと思うけど」

「それは気にしないでいいでよ」

「気にしないでいいって、それじゃ、ユナちゃんが困るでしょう」

別に困ることはない。元の世界で稼いだお金はまだある。魔物退治で得たお金もある。だから、赤字になっていなければ、なにも問題はない。

「それに材料は有限だし、なければ作れないよ。卵にチーズ、ジャガイモもこのペースで使えばすぐになくなる。だから、一日に使う分を決めて、考えて使ったほうがいいよ」

一日に使う数量を決めれば、仕入れも楽になるメリットがある。

「確かに、小麦粉以外は手に入りにくいものが多いわね。卵も、商業ギルドに卸《おろ》す量をこれ以上減らすわけにもいかないしね」

お店を開くために商業ギルドに卸す卵の量を減らしてもらっている。だからプリンの数も増やすことはできない。ジャガイモもチーズも次に手に入るまで、大事に使わないといけない。

もし提供する量を増やすにしても、食材が確実に確保できるようになってからだ。そもそも、こんなに人が来るとは思わなかった。

「あと、６日働いたら一日休みを入れるよ」

「休み？」

この世界の人たちはよほどのことがない限り休まない。食堂も宿も、休んでいるのを見たことがない。その分、就業時間中に自由な時間を作り、いろいろなことをしている。でも、この店には自由な時間がない。開店中はお客様の相手、終われば片付け、仕込み、やることがたくさんある。

なによりも、子供たちに休みは必要だ。

「お店をやらない日だよ。買い物をするのもよし、寝るのもよし。元気に仕事をするために休む日です」

「休みなんていいの？　売り上げが下がるわよ」

「本当は交代で休みたいけど、人がいないからね」

この世界では子供も働くが、どの世界でも子供は子供だ。奴隷じゃないんだから、休ませてあげないと可哀想《かわいそう》だ。お客様よりも子供たちのことを優先的に考える。

「次にフロアだけど、何か困ったことある？」

わたしも一応店内にいたけど、フロアの責任者のカリンさんに尋ねる。

「お客様がクマさんをお持ち帰りしそうでした」

確かに、テーブルから取ろうとしたお客がいるのは見た。でも、テーブルに固定して取れないようにしてあるため、持ち帰ることはできない。

「あと、譲ってほしいと言ってくるお客様もいました」

「売り物じゃないから、非売品の貼り紙を貼るかな。あとはなにかある？」

店内組に聞いてみる。

「あとはカウンターに並ぶとき、時間がかかってイラついている人もいました」

「明日はもう一つカウンターを増やそうか。あとプリンだけのお客様も結構いたから、プリンの入った冷蔵庫はカウンターの側に置いて時間短縮をしたほうがいいかな？」

今日一日の問題点を洗い出しながら話し合った。商売って難しいものだね。元の世界で販売の経験があれば、こんなにグダグダはしなかったかもしれないけど。引きこもりの15歳には漫画やテレビで見た程度の知識しかない。まして、真面目に見ていたわけもないから、粗《あら》が出まくりだ。

でも、みんなのおかげで無事に一日目を終えられたのは間違いない。

ティルミナさんは立ち上がると開店時間の変更、休日を明記するために商業ギルドなどのチラシが貼ってある場所に向かう。

ただ、時間的に遅いかもしれない。大半の人は知らずにやってくる。今日みたいな時間帯に来てくれればいいけど、朝から来るかもしれない。他にもトラブルが発生する可能性もある。今日はわたしが目を光らせていたけど。目が届かない場合もある。うちのお店は女性、子供しかいない。なにかあったときにわたしだけじゃ対処できないかもしれない。

そのトラブルを防ぐため、わたしは冒険者ギルドに向かう。

「ユナさん、こんな時間にどうしたんですか」

冒険者ギルドの前にやってくると、ギルドから出てくるヘレンさんの姿がある。

「ヘレンさんは帰るところ？」

「はい、交代時間になりましたので帰るところです。ユナさんはどうしたんですか？」

「依頼をしに来たんだけど」

「依頼ですか？」

「ちょっとね。事前にトラブルを防ごうと思ってね」

簡単に今日のことを説明する。予想外にお客様が多かったこと。それに伴って営業時間を変更すること。子供たちを守るために警備してくれる冒険者を雇いたいことを話す。

「なんか、すみません。わたしが宣伝し過ぎちゃったみたいで」

「ヘレンさんは悪くないよ。わたしの見通しが甘かっただけだよ」

「それで、依頼ですか？」

「うちのお店は子供が働いているからね。だから、お店が落ちつくまで目を光らせてくれる冒険者でも雇おうかと」

「そうですね。ユナさんのお店では孤児院の子供たちが働いてますから、必要かもしれませんね」

「とりあえず、警備は7日間ほどを考えているんだけど。こんな仕事を引き受けてくれる冒険者いるかな？」

「それは依頼料次第だと思いますよ。冒険者はお金で動きますから」

「お金ね。相場が分からないんだけど、どのくらい払えばいいものなの？」

多少、高くても安全が買えるなら安いものだ。お金をケチって子供たちが怪我でもさせられたら院長先生に合わせる顔がない。そんなことが起きないようにするためにも強い護衛を雇いたい。

「うーん、募集するランクによりますね。依頼内容は店の警備。相手が一般市民なら低ランクの冒険者でもいいんですが。もし、高ランク冒険者が暴れた場合は低ランク冒険者では対処はできません」

そんな無法者はいないと思うけど、冒険者ギルドで会ったデボラネの件もある。いないとは言いきれない。

「ユナちゃんとヘレンさん、どうしたんですか？」

現れたのはゴブリン討伐を一緒にしたルリーナさん。討伐後も何度か冒険者ギルドで会っている。ルリーナさんの後ろにはデボラネのパーティーメンバーたちもいる。わたしに殴られたデボラネ、口が悪いランズ、無口なギルだっけ？　揃《そろ》いも揃って現れた。

それにしても、どうしてルリーナさんはこんなメンバーと一緒にいるんだろう？

もしかしてゲテモノが趣味なのかな？

「ユナちゃん、失礼なこと考えていない？」

もしかして、心を読むスキル持ち？

「どうして、ルリーナさんみたいな美人がこんなパーティーにいるのか疑問になっただけだよ」

「わたし正式なパーティーメンバーじゃないよ。臨時のメンバーよ。このパーティー、見ての通り脳筋《のうきん》でしょう」

うん、確かに3人とも脳が筋肉のタイプだ。

「それで、一度パーティーを組むことになってね。そのままずるずると今に至るわけ」

「もう、俺たちと正式にパーティー組もうぜ」

「嫌よ。正式に組むなら、ユナちゃんみたいな可愛い子がいいわよ」

そう言ってルリーナさんはわたしを抱きしめる。以前、わたしがお姫様抱っこをしてからこっち、ルリーナさんはやたらとクマの服を触るようになった。

「それで、ユナちゃんはどうしたの」

「お店の護衛の依頼を出そうと思ってね」

「お店？　あの噂《うわさ》の？」

少し考えて、思い当たったみたいだ。その噂がよい噂なのか、悪い噂なのか気になるけど。

「どんな噂か分からないけど。たぶんそのお店だよ。その警備をお願いしようと思ってヘレンさんと話していたんだけど」

ヘレンさんにした説明を再度する。

「だから、困ったお客様がいたら、威嚇《いかく》してくれる、もとい、やんわりと、追い返してくれる冒険者を雇おうと思って」

「なるほどね。なら、わたしたちがやろうか？」

「いいの？　わたしは助かるけど」

「いいわよ」

「勝手に決めるな。ルリーナ」

依頼を引き受けてくれようとしたルリーナさんを横から止める者がいる。

「デボラネ？」

「俺はやらないぞ」

「デボラネさんが言うなら俺も」

「…………」

デボラネが反対するとランズも反対する。ギルはいつもの通り口を開かない。

「そう、なら臨時のパーティーも解散ね」

「待て、それは……」

「それはそうでしょう。自分たちだけ、わたしが必要なときは使って、わたしがあなたたちを必要としたときに手伝ってくれないんなら、こんなパーティーに参加する必要はないわ」

ルリーナさんはそう言うとわたしのほうを見る。

「ユナちゃん、わたし一人でもいい？」

「俺もやる」

「ギル？」

「食事がうまいと聞いた。食べさせてくれるなら俺も手伝う」

「ギル、裏切るのか」

デボラネがギルの肩を摑《つか》む。

「この前、彼女には世話になった。それにルリーナの言葉に賛同する」

「ありがとう。ギル」

お礼を言うルリーナさん。ギルは無口だけど、デボラネとは違うかもしれない。2人は黙って睨《にら》み合う。そして、最後にはデボラネが目を逸《そ》らす。

「勝手にしろ！　行くぞ、ランズ」

「はい、デボラネさん」

2人はルリーナさんとギルを残して去っていく。

「いいの？」

「いいのよ。ユナちゃんの件があったとき、別れようと思ったんだけど引き止められてね。今日まで来たけど。そろそろ潮時かもね」

「冒険者を辞めるときは声をかけてね。優秀な人材は絶賛募集中なので」

「そのときはお願いね」

リップサービスとして受け取っておこう。でも、本当に冒険者を辞めるなら手伝ってほしいことはたくさんある。ルリーナさんなら、性格的にも能力にも何も問題はない。

「それで警備だけど、7日間ほどお願いしたいけど大丈夫かな？」

「うん、大丈夫よ。あと、依頼料はわたしも食事でいいよ」

「ちゃんと、食事も依頼料も支払うよ」

「あのう、2人とも、それはちゃんとギルドを通して依頼を受けてくださいね」

黙って聞いていたヘレンさんが口を挟む。ヘレンさんの言葉はもっともなこと。わたしは冒険者ギルドに依頼を出し、ルリーナさんたちが受ける形になる。依頼料は「くまさんの憩いの店」の食事と少々の銀貨となった。

無事に警備を頼めたのでクマハウスに帰る。裏方とはいえ引きこもりには疲れた一日だった。クマ風呂に入り、疲れを洗い流した。やっぱり、お風呂のある文化は最高だね。

クマ風呂から上がり、白クマに着替えて布団に潜り込んだ。

80　クマさん、お店を始めて2日目

翌日、お店に行くとすでにルリーナさんとギルの姿があった。

「おはよう」

「おはよう、ユナちゃん」

「…………」

挨拶《あいさつ》を返してくれるルリーナさんに無口なギル。

「噂《うわさ》どおりの店だね」

「昨日も言っていたけど、その噂ってなに？」

「別に変なことじゃないよ。『冒険者クマ、お店を作る』って広まって、お店がお屋敷みたいとか、変なクマの置物があるとか、中からいい匂いがするとか、そこで働く子供の姿がユナちゃんにそっくりだとか。そんな感じの噂よ」

確かに変なことじゃない。全て事実だ。でも、なんだろ。この納得がいかない感じは。

「それでわたしたちは何をすればいいの？」

「昨日も言ったけど。とりあえず、お店に来た人がいたら、開店はお昼からだと伝えて。

あとはお店が始まったらトラブルが起きないように見ててほしい。それから子供に危害を加える人はいないと思うけど、手を出す人がいたら守って」

「了解。まあ、ギルもいるから、文句を言う人なんていないわね。いたとしてもギルが睨《にら》みつければ、おとなしくなるわね」

ルリーナさんはギルの筋肉質の背中を叩《たた》く。強く叩いているように見えるがギルは微動だにしない。

「一応、お客様だから暴力沙汰《ざた》はやめてね」

「当たり前よ。一般人にそんなことしないわよ。脅すぐらいよ」

「もし、無理そうだったら呼んで。わたしが対応するから」

外のことは2人に頼み、わたしはお店の中に入る。中からはパンの焼ける美味《おい》しそうな匂いがしている。キッチンに行くとモリンさんと子供たちが動き回っている。モリンさん母娘はパンを焼きながら、子供たちに指示を出している。子供たちは一生懸命に小さな体で働いている。将来はパン屋さんになる子もいるかもしれない。

「お姉ちゃん、おはようございます」

一人がわたしに気づくと子供たちが元気に挨拶《あいさつ》をしてくれる。でも、その顔には疲労が見える。

モリンさん親子は慣れているから平気そうだけど、子供たちは慣れない仕事で疲れている。昨日も夜遅くまで、今日の仕込みをしていたはずだ。さらに、今日も朝早くから仕事をしている。

パンが焼き上がれば開店まで休むことができる。でも、火と油を使う仕事だから、疲れたままでは危ない。わたしはキッチンを歩き、子供たちの頭にクマの手を置く。

「クマのお姉ちゃん？」

いきなり頭に手を置かれて首を傾《かし》げる女の子。

「ヒール」

「もう少し頑張ってね」

わたしは子供たち全員に体力回復の魔法を使う。これで大丈夫なはず。子供たちは何が起きたか分からない様子で首を傾げている。最後に店内をひと通り見て外のルリーナさんのところに戻る。外に出るとちょうどお客さんに説明をしているルリーナさんの姿がある。説明を受けたお客さんは素直に帰っていく。

「大丈夫？」

「大丈夫よ。説明をすればみんな帰ってくれるよ。まあ、ギルのおかげだと思うけど」

「立っているだけだ」

「後ろでギルが立っているだけで、みんなわたしの話を聞いてくれるから助かっているのよ」

「…………」

一般市民で冒険者に喧嘩《けんか》を売る者はいないみたいだ。

「冒険者のほうは平気？」

「それこそ、大丈夫よ。このお店が誰の店だと思っているの？」

「えーと、わたし？」

「そう、ユナちゃんのお店よ。初めて冒険者ギルドに来て、10人以上の冒険者を伸《の》して、ゴブリンキングを倒し、さらにブラックバイパーを倒した冒険者。そんなユナちゃんに喧嘩を売るバカはいないよ。いるとしたら、なりたての新人か、この街以外で活動してる冒険者じゃないかな。そんなのが来たら本当にギルの仕事だけどね」

「任せろ」

「ありがと、店が始まったら好きなものを食べていいからね」

再度、店の中に入り、みんなの手伝いに向かう。

キッチンで仕込みの手伝いをしていると、ルリーナさんが少し困った顔をしてお店の中に入ってくる。

「ユナちゃん、ちょっといい？」

「どうしたの？」

「ちょっと、わたしやギルでも手に負えない子が来たから」

少し困ったような表情している。「子」ってことは大人じゃないよね。

「誰が来たんですか？」

「貴族の女の子よ」

貴族の女の子って一人しか思いつかないんだけど。

そもそも、この街に貴族がどのくらいいるのかも知らないから、わたしが思い描いている人物とは限らないけど。

「普通の貴族だったら、何とかするんだけど」

確認のために外に出るとギルに突っかかっている金色の髪の少女がいた。間違いなくわたしの知っている人物だ。

「中に入れてください。わたしはユナさんに用があるんです」

「少し待ってくれ。今、ユナを呼びに行っている」

ギルが困ったように入り口を巨体で塞《ふさ》いでいる。やっぱり、貴族の女の子ってノアのことだったのね。いつまでも見ているわけにはいかないので2人の前に出ていく。

「ノア、何をしてるの？」

「ユナさん！」

わたしを見ると嬉しそうにする。そして、ギルとルリーナさんのほうを見て文句を言いだす。

「わたしがユナさんに会いたいって言っているのに、この人たちが中に入れてくれないんですよ」

「まあ、2人にはお店の警備をお願いしているからね。でも、2人ともよくノアが貴族って知っていたね」

「何度か領主様と一緒にいるのを見かけたから」

なるほど。ノアも有名人なんだね。

「それで、ノアはどうしたの？」

「どうしたのじゃありません。しばらく、用があって来れませんでしたので。それで今日来てみれば、なんですか、この店は！」

ノアは入り口にある2頭身のクマを指さす。

「こないだの名前を決めるときにはなかったのに」

頬《ほお》を膨《ふく》らませながら怒っている。

「あのとき、店をクマっぽくするって話になったでしょう。それで作ったんだよ」

確かあのときは、クマの置物を作る前にノアはララさんに連れられて帰っちゃったんだよね。それから、一度も来ていなかったんだ。

「うぅぅ、わたしの知らないうちに、こんなものを作っているなんて……」

「それで今日はどうしたの？」

「それはもちろん、プリンを食べに来ました」

そんな憎めない笑顔で言われても困るんだけど。

「本当は昨日来たかったんですが、来れなくて。こんなクマさんがあるなら、もっと前に来ていればよかったです」

こんな状態のノアを追い返すわけにもいかないので、お店の中に入れてあげる。

中に入った瞬間、ノアの動きが止まる。

「な、な、なんですか」

ノアは店内にあるクマの置物を見て叫び声を上げる。そして、わたしに近づいてクマさんパペットを握りしめる。

「ぜひ、わたしの家にもお願いします！」

「クリフに怒られるよ」

「説得します！　すべての部屋にお願いします」

「しないでいいから、これで我慢しなさい」

手を振りほどいてクマのねんどろいどを作ってノアに渡してあげる。

「ありがとうございます。一生の宝にします！」

「しないでいいから」

そんな土で作った人形を一生の宝物にされても困る。

ノアはクマのフィギュアを大事に抱えながら、店内に飾ってあるクマを一つ一つ、楽しそうに見ていく。

そして、ひと言。

「全部、欲しいです」

そんなおねだりはもちろん却下する。

「そう言えば最近どうしてたの？」

「王都に行っている間に勉強が遅れたので、お父様に家庭教師をつけられて勉強をしていました」

確かに王都では遊びまくっていた。貴族の娘なら勉強は必要だ。バカな貴族より、頭のいい貴族になってほしい。

「でも、お父様がひどいんです。全然外に行かせてくれないんですよ」

「勉強をしなかったからしかたないんじゃない」

「たまには息抜きぐらいさせてくれてもいいと思います」

「それじゃ、プリンをご馳走《ちそう》するから勉強も頑張りなさい」

とりあえず、ノアを席に案内する。ノアをほっとくと、いつまでも店内をうろつくので椅子に座らせる。でも、座っても首を回して店内を見渡している。

「少し早いけど、プリン以外も何か食べる？」

「いいのですか？」

「いいよ。ほとんどは調理の簡単なものだからすぐに持ってこれるよ。あっ、でも、プリンは1個までね。数があまりないから」

ノアにプリンと小さなピザと果汁を持ってくる。

「まだ、お店は開店しないのですか？　確か、開店時間は過ぎてますよね」

プリンを食べながら尋ねてくる。

「ちょっとね」

昨日の出来事を簡単に説明する。

「それはしかたないですね。一度食べたら、わたしだって人に話したくなります」

「でも、その数が予想外だったんだよね」

「ユナさんは甘いです。このプリン以上に考えが甘いです。国王様の誕生祭でプリンが出たときの会場を見せてあげたかったです」

スプーンにプリンをのせてわたしにつき出して、すぐにスプーンを口に入れる。

「国王から少し話を聞いたけど、作った料理人を教えてほしいという問い合わせが多かったとか」

「それは当たり前です。会場にプリンが出てきたときは皆、初めて見る食べ物に首を傾げていました。でも、国王がプリンを勧めて全員が食べると、会場は大変なことになったんですよ」

プリン一つでそんな大騒ぎが。

「もしかしてやばいかな」

「何がですか？」

「ここで販売していることが知られたら、作り方を教えろと押しかけてくる者が現れるかなと思ってね」

そしたら、子供たちが危険な目に遭う可能性もある。

「大丈夫ですよ。お父様が国王様に、ユナさんを見守るようにと直《じか》に言われてましたから。なにかあれば、このお店は国王陛下の指示で作られたことになりますから」

「そうなの？」

初耳なんだけど。

「お父様からお聞きしましたから、間違いないと思いますよ」

「わたし、聞いていないんだけど」

「もしかすると、ユナさんやみんなが不安にならないようにする配慮かもしれません。だから、わたしから聞いたことは黙っておいてください。商業ギルドや冒険者ギルドに指示を出しているようなことも言ってましたから」

だから、冒険者ギルドのギルドマスターが食べに来てくれたのかな？

でも、わたしの知らないところでクリフがそんなことをしてくれていたんだね。国王命令とはいえ、感謝しないといけないね。

「お店に領主のお父様が関わっていて、さらに後ろに王族がいれば、危害を加えようとする者は誰もいないと思いますよ。だから、何かあればお父様に言えば大丈夫です」

領主に国王の後ろ盾か。子供たちの安全を考えればこれ以上の存在はない。ありがたく国王の気持ちはもらっておこう。返せるわけじゃないしね。

「それにプリンもそうですが、パンもピザも美味しいですから。人が集まるのはしかたないと思います」

ノアにいろいろと現状の甘さを指摘される。

しばらくノアと話していると外が騒がしいのに気づく。確認をするために外に出ると人だかりができている。

「どうしたの？」

確認しに外へ出て、ルリーナさんに尋ねる。

「それが、開店は昼からと伝えたら、今から待っていると言いだして」

なるほどね。開店まであと30分もない。並び始めるお客様がいてもおかしくはない。

「ルリーナさん、お客様に2列に並んでもらって。もし列を乱す人や順番を抜かす人がいたら注意をして」

「いいの？」

「トラブルさえ起こさなければいいよ。ルリーナさんには迷惑をかけるけど」

「2列に並ばせればいいのね。それぐらいならいいわよ」

外のことはルリーナさんとギルに任せる。

それから、開店前に全員で食事をして、昨日の食事ができないことを未然に防いでおく。

そして、開店時間になると行列は30人ほどになったが、ルリーナさんとギルのおかげでトラブルは起きていない。

「ルリーナさん、ギル、ありがとうね」

「仕事だから気にしないでいいよ。ちゃんと、お昼はご馳走してね」

「ちゃんと用意してあるから、大丈夫だよ」

そして、開店したあとは混乱もなく、お客様は素直に並んで注文していた。

プリンは数多く作れるまで、お一人様1個限りとさせてもらう。

ノアの話を聞いていたからプリンの注文が多いかと思ったけど、昼時のせいか、並んでいた多くのお客さんはハンバーガーとピザの注文だった。

そして、区切りがいいところで、ルリーナさんとギルの2人には約束の昼食を用意する。

「お疲れさま」

ルリーナさんとギルにねぎらいの言葉をかける。2人の仕事は終わり、用意した席に座っている。

「本当に凄《すご》い人ね」

開店時間になると一度帰ったお客様や時間を知っているお客様が一斉にやってきたため、店内は混んでいる。

「でも、本当に美味しいわね。このピザもハンバーガーも」

「…………」

ルリーナさんの前には黙々と食べるギルの姿がある。

まずくないことだけは分かる。

「足りなかったら言ってね。プリン以外なら大丈夫だから」

「これが噂のプリンね。ヘレンさんにとても美味しいって聞いたよ」

「甘いから、男の人は苦手な人もいるかもしれないけどね」

「大丈夫だ。美味《うま》い」

ギルがひと口食べて感想を言う。

「うん、美味しいよ。7日間食べられるから役得ね」

「永久就職してもいいよ。ルリーナさんにしてほしい仕事はたくさんあるから」

「素晴らしい誘惑ね。でも、まだ冒険者も続けたいんだよね」

「冒険者といえば、デボラネとはどうするの」

「ああ、それね。わたしは別れようと思っているよ。もともと臨時だったからね。ギルはどうするの？」

「決めていない」

「ギルも店で雇ってもいいよ」

「俺、戦うことしかできない」

「それだけで十分だよ。護衛を任せることもできるし、冒険者希望の子供たちもいるから、いろいろ冒険者としての技術を教えてほしいし」

たぶん、冒険者になりたいと思う子がいるのはわたしのせいだ。

冒険者であるわたしが孤児院の子供たちを助けたことによって、わたしみたいになりたいと思っている子がいるらしいのだ。強くなって孤児院を守りたいと。

院長先生の話によれば孤児院の子供たちは成人になっても働く場所がないので、冒険者になるという。だから気にすることないと言われた。

でも戦いの知識と力がないまま冒険者になるよりは、ギルなどから教わったほうがいい。

働く場所なら作るから、本当なら危険なことはさせたくないんだけど。

「あと、わたしがこの街にいないときには子供たちを守ってもらいたいから、仕事なんてたくさんあるよ」

「考えておく」

断るかと思えば考えとくという返事で驚く。

てっきり、「俺は冒険者のほうが合っている」とか言うと思ったけど。

「ゆっくりでいいよ。今すぐって話じゃないから」

2人のヘッドハンティングへの返事は保留になったが、急ぐことではないのでかまわない。

そして、開店2日目も無事に閉店を迎える。

遅くに来たお客様はプリンを食べられなくて残念そうに帰っていった。課題は卵の数だ。卵に余裕が出てくればタマゴサンドも作りたい。主にわたしが食べたい。

ちなみに、ノアはララさんに連れていかれた。なんでも、勉強中に抜け出したとのこと。

ノアは泣いてわたしに助けを求めたけど、わたしには何もできなかった。

だって、ララさんが怖かったから。

81　クマさん、仕入れをする

開店して数日。

大きなトラブルも起きずに順調にきている。問題はジャガイモとチーズの在庫だ。まだ、余裕があるけど、早めに対処しておいたほうがいいかもしれない。なので、在庫がなくなる前にジャガイモとチーズを作っている村に行くことにする。

近いのはジャガイモの村のほうだ。くまゆるに乗ってそれほど時間もかからずに村に到着する。くまゆるの速度は間違いなく上がっている。わたしが強くなったぶん召喚獣も強くなっている気がする。

速度を落として、村の中に入る。誰かいないかな？　くるっと見回すと、男の人がこちらに来るのが見えた。

「な、なんだ。おまえさんは！」

震えながら、尋ねてくる。一瞬、震えている理由が分からなかったが、すぐに視線がくまゆるに向いているのに気づいた。

「わたしは冒険者のユナ。この子はわたしのクマだから大丈夫だよ」

安心させるためにくまゆるの頭を撫《な》でてあげる。

「本当か？」

「うん、危害を加えたりしなければ大丈夫だよ。それでザモールさんって人に会いたいんだけど。いるかな？」

「……ザモール？」

「うん、王都で会って、ジャガイモを売ってもらったんだけど」

わたしがそこまで言うと警戒心を解いてくれる。

「もしかして、王都でジャガイモを買ってくれたクマの女の子っておまえさんのことか？」

「たぶんそうだと思うけど」

クマの格好をして、王都でジャガイモを買い占めた人物はわたしの他にはいないと思う。いたらいたで、嫌《いや》だけど。

「本当にクマの格好をしているんだな。ザモールから話は聞いている」

どうやら、ザモールさんは村の人に話をしてくれていたみたいだ。

「一応、確認するが、そのクマは本当に大丈夫なんだな」

「大丈夫だよ」

わたしは再度くまゆるの頭を撫でてあげると、嬉しそうに「くぅ～ん」と鳴いてくれる。

「……分かった。ザモールを呼んでくるから、ここで待っててくれ。そのまま入られると、村の住人が驚く」

まあ、普通に考えれば、村の中をクマが歩けば村の住人に怖がられるのはしかたないので、村の入り口で待つことにする。

男性はわたしを残すとザモールさんを呼びに行ってくれる。遠くでは、わたしのことを見ている住人もいるが、先ほどの男性の「ザモールの知り合いだから大丈夫」と言う声が微《かす》かに聞こえてくる。

そして、しばらくすると、男性がザモールさんを連れて戻ってきた。

「お久しぶり」

友好の証のため軽く挨拶《あいさつ》をしてみる。

「クマの嬢ちゃん。それにクマ⁉」

わたしに目をやり、くまゆるに目を向けると驚く。

「こいつがクマに乗ったクマの女の子が俺に会いに来たって言うから、冗談かと思ったら本当とはな。それで、どうしたんだ。クリモニアに行く約束は先のはずだよな。もしかして、誰かが病気になって文句を言いに来たのか？」

勝手に決めつけて、いきなり機嫌が悪くなる。人の話を聞こうよ。

「違うよ。ジャガイモが足りなくなったから、買いに来たんだよ」

「冗談だろ。王都で売ったジャガイモはかなりの量があったはずだぞ」

「それがジャガイモを使った料理が人気が出てね。それで、ザモールさんがクリモニアに来るのを待っていられなくなって、来たわけ」

「……信じられない」

しかたないのでわたしのおやつのポテトチップとフライドポテトをクマボックスから出す。

「ジャガイモから作った食べ物だよ」

ザモールさんはポテトチップを食べる。

「美味《うま》い」

「ちょっとしたおやつにいいでしょう。油で揚げて塩をかけるだけよ」

「こっちもフカフカして美味しい」

「そっちも油で揚げただけよ」

フライドポテトも好評みたいだ。

「本当にジャガイモなのか」

「あと、ピザにものせて食べているから減る量も多いのよ」

「ピザ？」

名前をいきなり言われても分からないだろうからピザもクマボックスから取り出す。

「これがピザ。ジャガイモは主役じゃないけど、ピザに必要な具だよ」

ザモールさんは初めて見るピザに驚くが口に入れる。

「美味い。本当に街では俺の作ったジャガイモが食べられているのか？」

ザモールさんは嬉しそうにする。

「うん、だから、ジャガイモが欲しいんだけど、ある？」

「ああ、もちろんあるが、すぐには無理だ」

まあ、すぐには無理かな。掘ったりするかもしれないし。

「まだ、そんなに急いでいないからいいよ。でも、なるべく早く欲しいから、用意ができたらクリモニアまで運んでもらえる？」

「分かった。すぐに持っていく」

「それじゃ、これを渡しておくね」

盗賊から手に入れたアイテム袋を渡す。

「これは？」

「アイテム袋。使ったことがないからどのくらい入るか分からないけど。たぶん、ジャガイモぐらいなら入るから」

「いいのか、こんなものを渡して」

「いいよ。ザモールさんが使わないときは他の村の人が使ってもいいし。これがあれば運ぶのが楽でしょう」

「とても助かる」

「その代わりにちゃんと持ってきてね」

「ああ、約束する。それでどのくらいの量を持っていけばいい？」

「前回と同じぐらいでいいよ。クリモニアに『くまさんの憩《いこ》いの店』って店があるから、その店のモリンさんって女性に言って」

「『くまさんの憩いの店』のモリンさん、だな」

「それじゃ、お願いね」

わたしはくまゆるの背中に飛び乗る。

「もう行くのか？」

「まだ、行くところがあるからね」

くまゆるに乗って、今度はチーズの村に向かう。


くまゆるを走らせていると、村が見えてくる。

「あれかな？」

チーズを売ってくれたお爺《じい》さんに教えてもらった場所だとこの村になる。

今度は村の人を驚かせないようにくまゆるの速度を落として、村近くではくまゆるから降りて、近づくことにする。村に到着すると、一人の男が槍を持って近づいてくる。クマが来たと思って武器を持ってきた？

わたしはくまゆるが攻撃されないようにくまゆるの前に出る。

「クマの格好？」

男がわたしの姿を見て驚く。

「もしかして、王都でチーズを買ってくれた女の子ですか？」

男が尋ねてくる。思ったよりは口調が落ち着いている。

「そうだけど、王都でわたしにチーズを売ってくれたお爺さんいる？　チーズを買いに来たんだけど」

わたしが説明すると、男は思い当たることがあったみたいで、すぐに理解する。

「はい。村長より、話は伺っています」

良かった。でも、あのお爺さん、村長さんだったんだね。

「わたしのことを聞いているの？」

「村長から、クマの格好をした女の子が来たら村の中に通すように言われてます。チーズをすべて買ってくれた恩人だから、丁重に扱うようにと警備をする者は言いつかってます」

「警備って、ものものしいけど何かあったの？」

「最近、ゴブリンが現れて家畜を襲うんです。そのため見回りをしています」

ゴブリンね。どうやら、くまゆるの登場に驚いて、武器を持っていたわけじゃなかったらしい。

「では、村長の家に案内します」

「えっと、この子も大丈夫？」

召喚獣のことを説明するのも面倒だし、このまま置いていくのも可哀想《かわいそう》だ。

男性は少し考えて、

「申し訳ありません。村長を呼びに行きますので待っていていただけますか」

騒がれても困るので、さっきの村同様に村の外で待つことにする。しばらくすると、王都でチーズを売ってくれたお爺さんを連れてきてくれる。

「おお、あのときのクマのお嬢ちゃん。本当に来てくれたのかい」

「行くって約束したでしょう。来たら安くチーズを売ってくれるって約束は忘れていないよね」

「もちろんじゃよ」

「それじゃ、村長。俺は見回りに戻るから」

「ああ、頼むぞ」

男性はわたしに頭を下げると、見回りに戻っていく。

残ったお爺さん……村長さんはくまゆるに視線を向ける。

「それで、お嬢ちゃん。そのクマは？」

「わたしのクマだから、大丈夫だよ」

村長さんは少し不安そうにくまゆるを見る。まあ、これはしかたないよね。

「それで、ゴブリンが家畜を襲うって聞いたけど、大丈夫なの？」

「ああ、今は見回りも強化してるので大丈夫じゃ」

「冒険者ギルドに依頼はしていないの？」

村長さんは首を横に振る。

「王都でお嬢ちゃんに買ってもらったチーズの代金で依頼を出したんじゃが」

まだ、冒険者は来ていないらしい。

その辺りは冒険者のきまぐれになるからね。依頼料が高ければ来るけど、もし、同様の依頼があった場合は近場を選ぶ。わたしも遠くよりは近場を選ぶからね。

「今は村人の力でゴブリンを追い返しているんじゃが、最近では数も増えて家畜が襲われることもあってのう。このままだとチーズが作れなくなるのう」

村長さんの口から聞き捨てならない言葉が出てきた。チーズが作れないと。それは死活問題だ。このままチーズが手に入らなくなるのは世界の損失だ。それ以前にわたしが困る。なら、わたしがやることは一つ。

「なら、わたしがゴブリンを討伐してくるよ」

「何を言ってるんじゃ！」

わたしの言葉に村長さんが驚きの声をあげる。

「これでも、わたしは冒険者だから大丈夫だよ」

信用してもらうために、ギルドカードを村長さんに見せる。村長さんは驚いたようにギルドカードを見る。

「それにこの子もいるしね」

くまゆるを撫でる。村長さんはわたしとくまゆるを交互に見る。

「それに、チーズが作られなくなると困るのはわたしも同じだからね。だから、わたしがこの村を見捨てるって選択肢はないよ」

わたしはゴブリン討伐のため立ち上がる。

「本当に行くのか？」

「チーズのためにね」


わたしは村長さんに聞いた森にくまゆると向かう。この森からゴブリンが現れるらしく、最近では森に行けなくて困っていたそうだ。探知スキルを使用すると、ゴブリンの反応がある。

「それじゃ、くまゆる行こうか」

頭を撫でて、ゴブリンの反応がある場所に向かって走りだす。

………そして、サクッと終わらせて村に戻った。

これでわたしのチーズは守られたね。

「お嬢ちゃん、行くのを思いとどまってくれたんじゃな」

村に戻ってくると村長さんが心配そうに村の入り口で待っていた。

「倒してきたよ。森の中にゴブリンは一匹もいないよ。あとついでにオークもいたから倒しておいたから、もう大丈夫だよ」

「冗談でも」

わたしは遮ってゴブリンとオークの死体を村長さんの前にすべて出す。今後のことも考えて魔物はすべて倒してきた。もう、この付近には魔物はいない。

「これは！」

「だから、倒してきた魔物だよ」

「本当にゴブリンを……」

村長さんはゴブリンを見るとうっすらと目に涙を浮かべている。大袈裟《おおげさ》だよ。

しばらくすると、村の入り口にゴブリンの死体が山積みになっていることに気づいた村人が集まってくる。

「村長これは？」

「信じられないと思うが、こちらのクマの格好をしたお嬢ちゃんが倒してくれた」

村長さんの言葉に村の住人はわたしのことを見る。

でも、ゴブリンの死体はある。初めは信じられなそうにしていたが、村長さんの言葉やくまゆるを見て、信じてくれる。

やっぱり人は、見た目が大事だね。


倒した魔物の処理は村の人にお願いする代わりに、魔石もあげることにする。住人は魔物の処理を始め、わたしは村長さんと一緒に村の中に入る。もちろん、くまゆるも一緒だ。誰も拒む者はいない。

それから、チーズが保管されている場所に案内してもらう。チーズは地下倉庫にあり、いろんなチーズがたくさん並んでいた。

「いいの？」

お礼の代わりにチーズをいただくことになった。

「もちろんじゃ。わしらにはこのぐらいしかできないからのう」

村長さんの気持ちをありがたく受け取っておく。

それから、今後のチーズの話を村長さんとする。今までは住人が食べる分ぐらいしか生産はしてなかった。それだと、わたしが買ってしまうと、すぐに在庫がなくなってしまう。なので、わたしが定期的に買う契約をして、チーズを作ってもらうことになった。

「そこまでわしらのチーズを……」

また、うっすらと涙を流す村長さん。このお爺さん涙腺《るいせん》が弱いよ。

「だから、これからも美味しいチーズをお願いね」

「うむ、分かった。一生懸命に作らせてもらおう」

それから、村を回り、いろいろな家畜を見せてもらう。

ダメもとでチーズの作り方も見せてほしいと頼んだら、快諾してくれた。村の秘匿《ひとく》の技術じゃないのかな？

そのことを尋ねたら「村の恩人である嬢ちゃんに隠すことはない」と言われてしまった。

ゴブリンを退治しただけで、そこまで恩に着られてしまうと、悪いことをした気分になる。

もっとも、チーズの作り方を知ったからといって他の場所で作るようなことはしないけど。

それから、わたしの歓迎の宴が行われる。

わたしはお礼として村のチーズがどんなに素晴らしいものかを知ってもらうために、石《いし》窯《がま》を作り、村のチーズでピザを作って村の人に振る舞った。

82　クマさん、暇になる

お店は売り上げも順調、モリンさんは新しいパンを模索中。サンドイッチを作り、挟む具材の研究をしている。そんな感じで新しい料理も増えつつある。

お店の時間調整もうまくいき、子供たちも仕事に慣れ、楽しく仕事をしている。

ルリーナさんとギルの警護の期間が終わると、子供たちが残念そうにしていた。2人ともだいぶ、子供たちに好かれたようだ。まあ、子供がお客様に絡まれたときに助けてくれたりすれば好感度も上がる。

それから、2人はデボラネとのパーティーを解消して、ソロで依頼を受けたり、臨時のパーティーを組んだりしている。たまに、お店にもお客として来てくれている。

今日はフローラ様に会いに行くためにクマの転移門を使用して王都に行く。

うん、一瞬で移動できるのは楽でいいね。

クマハウスが建っているところは、中流地区といっても比較的上流地区の近くにあるため人通りは少ないが、大通りに出ると相変わらず人が多い。大通りを通って、お城に向かう。

お城の門に到着すると、兵士がわたしのほうを見る。そのまま近寄ると、わたしのことを覚えていたのか挨拶《あいさつ》をされる。

「中に入りたいけどいいかな？」

クマボックスからギルドカードを取り出す。わたしのギルドカードにはお城への入場許可証が記入されている。見せる場合はギルドカードに魔力を通すことで浮かび上がる。だから、普通にギルドカードを見られても、わたしが入城許可を受けていることが知られることはない。

入城する用件を聞かれたので、フローラ様に会いに来たと伝えた。

流石《さすが》にわたし一人ではお姫様に会うことはできず、エレローラさんを呼ぶので待つように言われる。

「ユナちゃん、久しぶり」

「お久しぶりです、エレローラさん」

「フローラ様に会いに来たの？」

「うん、しばらく会っていないから」

お店が忙しいこともあるけど、何度も時間も空けずに来ると怪しまれるからね。

エレローラさんが来たことでお城の中に入ることもでき、そのままフローラ様の部屋に向かう。部屋の中に入ると、なぜか国王がいる。

「国王陛下《へいか》、またサボりですか？」

「エレローラ、おまえじゃないんだぞ。俺は普通に休憩だ」

「それこそ人聞きが悪いです。わたしはちゃんとユナちゃんの案内って仕事をしています」

「俺は普段のおまえのことを言っているんだ」

「普段のわたしですか？　真面目に仕事をしてますが」

「どの口が言うんだ」

言いきるエレローラさんに国王は呆《あき》れる。

「それでどうして国王陛下がフローラ様の部屋で休憩をしているんですか。いつもは自室でしょう」

「そんなのユナが来たと連絡が入ったからに決まっているだろう。ユナが来たらフローラのところに来るのは分かっているからな」

2人が言い争っていると、フローラ様が近寄ってくる。

「フローラ様、こんにちは」

「くまさん。きてくれたの？」

「約束ですから」

言い合いをしている大人2人は放っといて、フローラ様の小さな手をクマさんパペットで握るとテーブルに向かい、フローラ様を椅子に座らせる。

「プリンを持ってきましたから一緒に食べましょう」

「うん」

テーブルの上に一応、プリンを4つ並べる。

するとプリンを見たエレローラさんと国王もやってきて、椅子に座るとプリンを食べ始める。

わたしはフローラ様の美味《おい》しそうに食べる顔を見て決意した。クマボックスから一枚の紙を取り出して、エレローラさんと国王の前に置く。国王が紙を見る。

「これはなんだ？」

「プリンのレシピ。これでフローラ様に作ってあげてください」

「いいのか？」

「フローラ様に喜んでもらえるなら、いいですよ。それに、今後わたしがいつ来られるか分かりませんから、作ってあげてください」

「分かった。ありがたくもらっておく。料理方法は信頼がおける俺の直属の料理人に教えることにするから、安心してくれ」

「別に洩《も》れてもいいから、その料理人さんの処罰とかはやめてね」

プリンのレシピの漏洩《ろうえい》で罰するとかはやめてほしい。

「安心しろ。王族の料理を作る者の中に、情報を洩らす者はいない」

「でも、盗む人はいるでしょう」

どこの世界にも情報を盗む者はいる。機密を守るのは難しいと歴史が伝えている。ただ、ゼロに近づけることはできる。

「王族の料理のレシピを盗む奴がいたら、相応の報いを与えるから安心しろ」

国王の笑顔が怖いんだけど。でも、プリンのレシピ一つで約束してくれるのは嬉しい。

「それに、しょっちゅう来れないのはしかたないだろう。クリモニアからでは少し遠いからな。だが、おまえさんが王都に住めば、なにも問題はないぞ」

「国王陛下の言葉には賛同するけど、クリモニアのことを考えると、それはダメね」

エレローラさんが口を挟み、わたしの取り合いが始まりそうなので、来られない理由を話すことにする。

「ちょっと海に行こうと思ってね」

「海？」

「王都から、東に行けば海があるんだよね」

前回、王都に来たときに手に入れた情報だ。東に行くと海があるって聞いた。どれほどの距離かは分からないけど、くまゆるとくまきゅうで移動すれば、早く着くはずだ。

「なんだ、おまえ海に行きたいのか？」

「海の食材が欲しいですからね」

「また、食い物か？」

そんなことを言っても、日本人なら魚介類を食べたいと思うのはしかたないことだ。お米、味噌《みそ》が無理なら、せめて魚介類を手に入れて食べたい。イカ焼きにタコ焼きもいいかもしれない。

「食べる喜びを忘れると人生を損しますよ。人は食べないと生きていけないんだから」

「確かにそうだな」

国王はプリンをひと口食べる。

「クリモニアの街の近くにも海があればいいんですけど」

「あるわよ」

「…………えっ」

エレローラさんの口から洩れた言葉にわたしは固まる。

「あれはあると言えるのか」

「どういうこと？」

「クリモニアの街の北東の位置に大きな山があるのは知っている？」

わたしは頷《うなず》く。

街から見える大きな山だ。山脈といってもいいかもしれない。

「その山を越えると海があるわよ。もっとも、山脈を越えるのも山を回り込むのも大変だけどね」

あの大きな山の先に海があったのか。近いといえば近い、遠いといえば遠い。

「町もちゃんとあるのよ。あの山があるから、普通の人は行かないけど。でも、ユナちゃんのクマなら行けるんじゃない？」

確かに、くまゆるとくまきゅうなら行けるかもしれない。それなら、王都から海を目指さなくてもいいし、距離的にも近い。問題は山を登れるかどうか、ぐらいだ。

「ユナのクマ?」

くまゆるとくまきゅうのことを知らない国王は首を傾《かし》げる。

「ユナちゃんにはクマの召喚獣がいるのよ」

「おまえ、そんなことまでできるのか?」

「とっても、可愛《かわい》くて、とっても良い子《クマ》なのよ」

なぜか、エレローラさんが自慢するように話し始める。話を聞くと国王はもちろん、フローラ様も目を輝かせる。

「一応。だから、王都に来るのもそれほど大変じゃないよ」

「くまさんいるの?」

「クマか」

フローラ様が目を輝かせ、国王も興味を持ち始め、話の流れでクマを召喚することになった。

お姫様の部屋でいいのかな?

「本当にいいの?」

「構わん」

とりあえず、国で一番偉い、国王の許可が出たのでくまゆるを召喚する。

「ほんとうにクマが出てきた」

「くまさんだ」

フローラ様はくまゆるに近寄るが、国王は見ているだけで止めようとはしない。

危機感はないのかな？

「もう1体、いるんだよね」

「まだ、いるのか？」

わたしは左手を突き出すと、くまきゅうを召喚する。

「白いクマか。珍しいな」

国王は近寄って、くまきゅうに触る。

「本当におとなしいな」

「なにもしなければ、なにもしませんから」

「しろいくまさんだ」

くまゆるを抱きしめていたフローラ様が白いくまきゅうに驚く。

フローラ様は怖がることもせず、くまゆるとくまきゅうと遊び始める。くまゆるに乗ったり、部屋の中を歩いたりする。

「本当におまえさんは何者なんだ」

くまゆるとくまきゅうを見ながら尋ねてくる。

「ランクDの冒険者だよ」

「どこに1万の魔物を倒すランクDの冒険者がいるんだ」

　ここにいますよ。

「そういえばユナちゃん。魔物を1万も倒したのにランクDのままなのね」

「あれは、通りすがりのランクAのパーティーが倒したことになっているから」

　だからランクは上がらない。

「名乗り出ればよかったのに」

「目立ちたくないから、いいよ」

「そんな目立つ格好をして、目立ちたくないとか」

　国王は呆れたように言う。

　それとこれは別だ。クマの格好をして目立つのと、1万の魔物を倒したことで目立つのとではベクトルが違う。

「あれをユナちゃんが倒したことになってれば、Bランクにはなったかもしれないわね」

　Bランクか。ランクは隠せるけど、魔物1万の件が広まると面倒だから、全力で断る。

「それに、ユナちゃん。国王陛下から、なにもご褒美《ほうび》をもらっていないんでしょう?」

「それはこいつが断ったからだ。俺は悪くないぞ」

　その代わりにわたしのことを黙っていてもらうことを約束した。平和に暮らすための取引だ。それにわたしのお店のためにクリフに後ろ盾を頼んでくれていることも知っている。国王陛下とクリフが黙っていることなので、わたしも口にすることはしないけど。

そして、話も終わり、帰ろうとしたが、フローラ様がくまゆるとくまきゅうを離さなかった。

「やだ。もっとクマさんとあそぶ」

そんなわけでフローラ様の願いを聞き入れることになって、夕食までお城に滞在することになった。

83　クマさん、山を登る

鳥小屋で仕事をしているティルミナさんとフィナに山脈を越えて海に行くことを伝える。

「本当に行くの？」

ティルミナさんが心配そうに聞いてくる。

「海が見たいからね。だから、お店はお願いしますね」

お願いしなくても、すでにお店はティルミナさんとモリンさんを中心に回っている。わたしがいなくても大丈夫だ。

「それはいいけど、エレゼント山脈は険《けわ》しいわよ」

「くまゆるとくまきゅうがいるから、大丈夫だよ。それでも危ないようだったら、無理しないで戻ってくるし」

「ユナお姉ちゃん……」

フィナも心配そうな顔をする。

「向こうに着いたら連絡をするから」

クマボックスから手のひらサイズの2頭身のフィギュアのクマを2つ取り出し、一つをフィナに渡す。

「くまゆる？」

フィナは渡されたクマのフィギュアを見て、くまゆるの名を言う。くまゆるやくまきゅうの形をしたアイテムだ。

「離れた場所でも会話ができる魔道具だよ」

王都で魔物1万を討伐したことによって、新しいスキルを2つ手に入れた。一つは魔力を通すことで通話ができる、どこでもクマフォンの作製。電波の代わりに魔力を使った通話機だ。

もう一つが召喚獣子熊化。召喚獣のクマが小さくなるといった微妙なスキルだ。くまゆるとくまきゅうの子熊化って何に使えるの？　大きくなるなら分かるけど。小さくなるって、戦闘力ダウンになる。乗ることもできないから、基本は役に立たない。

でも、小さなくまゆるとくまきゅうは癒《い》やしになる。小さいくまゆるとくまきゅうが、トコトコとついてくる姿は可愛《かわい》いし、お風呂に一緒に入ることもできる。一緒に寝てもベッドで邪魔にならない。それに、抱き枕にすると気持ちいい。それらを考えると、心を和ませるスキルになるという結論に達した。

「何かあればそのクマフォンに魔力を通してわたしと会話をしたいと念じて。わたしが持っているクマフォンに通じるから」

わたしが真面目な顔をしてクマフォンの使い方を説明していると、

「……ユナお姉ちゃん。離れた人と会話なんてできるわけがないです。わたしを安心させるためにそんな嘘《うそ》をつかなくても、わたしそこまで子供じゃありません」

頬《ほお》を膨《ふく》らませて怒りだす。えーと、もしかして信じていない？

それに、10歳は子供でしょう。

「ユナちゃん、王都ならそんな魔道具あるかもしれないけど、さすがにね」

ティルミナさんにも信じてもらえない。そんなにレアアイテム？

ゲームでいえばチャット機能みたいなものだと思うけど。

「それじゃ、確かめてみれば分かるよ。わたしがそっちのクマフォンに話しかけるから、出てみて」

と言ったものの、わたしも使うのは初めてだ。使う相手もいなかったし、一人じゃ実験もできなかったためだ。だから、わたしもどのように相手のクマフォンに繋《つな》がるか分からない。

着メロでも鳴るのかな？

とりあえず、クマフォンを確かめるために3人で外に出る。鳥小屋や孤児院から少し離れたところまでやってくる。ここなら、人がいないから使っても大丈夫かな？

手に持っているクマフォンに魔力を流し、フィナの持っているクマフォンに繋がるように念じる。すると、フィナの持っているクマフォンが鳴りだす。

「くぅ〜ん、くぅ〜ん、くぅ〜ん、くぅ〜ん、くぅ〜ん」

クマの鳴き声？

そんな呼び出し音なの？

なんか変じゃない？

なにか思っていたのと違う。

携帯電話みたいに変更はできないのかな？

「ユ、ユナお姉ちゃん。これ、どうしたらいいの！」

フィナは手の上で鳴っているクマフォンを見て狼狽《うろた》えている。

「部屋の明かりをつけるときみたいに、魔石に魔力を流してみて。それがスイッチの代わりになっているから」

フィナが魔力を流すと、クマフォンの鳴き声が止まる。

「それじゃ、わたし離れるから」

わたしはフィナから数十メートル離れる。

「フィナ、聞こえている？」

クマさんパペットに咥《くわ》えられたクマフォンに向かって話しかける。

『ユナお姉ちゃん？』

クマフォンの口からフィナの声が聞こえてくる。

「わたしの声、聞こえている？」

『うん、聞こえています』

おお、無事に聞こえた。携帯電話、もしくはトランシーバーだね。

「それじゃ、もう少し離れるね」

わたしはさらにフィナから離れる。

「フィナ聞こえる？」

『ちゃんと聞こえますよ』

『ユナちゃん、これ本当に遠距離会話できる魔道具なの？』

クマフォンからティルミナさんの声が聞こえてくる。

「どのくらいの距離までできるか分からないけど、かなり離れても大丈夫なはずだよ」

使ったことがないから正確な距離は分からない。でも、神様がくれたスキルだ。通話できる距離が短いわけがない。

「それじゃ、一度切るから。今度はフィナがわたしに話しかけてみて。やり方はさっき説明した通り、魔力を入れながら、わたしと話したいと念じて」

『うん、やってみる』

一度クマフォンの通話を切り、フィナからの通話を待っていると、クマフォンが鳴きだす。

「くぅ〜ん、くぅ〜ん、くぅ〜ん、くぅ〜ん」

やっぱり、この鳴き声なんだね。可愛いんだけど、なんともいえない着信音だ。

流石《さすが》にこの世界に機械音や着メロは変だけど、音声入力でもあれば、フィナの声で登録したいな。

「お姉ちゃん、電話です。お姉ちゃん、電話です」ってこんな感じで。今度、変更ができるか詳しく調べておこう。

とりあえず、鳴き声を止めるため、クマフォンに魔力を流す。クマフォンからの鳴き声は止まる。

『えーと、ユナお姉ちゃん、聞こえますか？』

「聞こえるよ」

これで、ちゃんと双方から繋がることが確認できた。あとの問題は距離だけど、こればっかりはすぐには確かめられない。クマの転移門を使って一度、王都まで転移すれば確かめることができるけど、それはそれで面倒だ。

「それじゃ、一度そっちに戻るから切るね」

わたしは通話を切り、フィナのところに戻った。

「ユナお姉ちゃん、このクマさん凄《すご》いです」

クマフォンを大事そうに握り締めている。

「これでどこにいても話ができるでしょう」

「はい！」

「でも、これ本当に凄いね。遠くにいる人と話ができるなんて」

「ティルミナさんも何かあれば連絡ください。戻ってこられそうだったら戻ってきますから」

クマの転移門があるからすぐに戻ってこられるからね。

「でも、こんな凄い魔道具をフィナが預かってもいいの？」

「いいよ。わたしが2つ持っていても意味がないし」

わたしが一人で2つ持っていたら、一人で2つのトランシーバーで遊んでいる痛い子になってしまう。

「でも、こんなものがあるんなら、故郷の友達や家族の人に渡しておけば」

ティルミナさんの言葉がわたしの心を抉《えぐ》る。

トモダチ…………それ美味《おい》しいの？

カゾク…………どこにいるの？

「ユナちゃん、どうしたの？」

わたしが黙っているので、ティルミナさんが心配そうに声をかけてくれる。

「わたしの故郷は遠過ぎて、この魔道具は使えないから」

流石に異世界とはいえない。

「そうなの？　ゴメンね」

ティルミナさんはわたしの過去に何かを感じとったのか、それ以上なにも言わなかった。

「だから、フィナも気にしないで持っていてね」

「うん。大切に預かるね」

わたしはフィナの頭を撫《な》でてあげる。

早朝、わたしはくまゆるに乗ってエレゼント山脈に向けて出発する。

久しぶりの一人旅。山脈に向かって進む。

ここからでも見える山脈。頂上付近は白く、雪が積もっているのが分かる。でも、クマの服には耐寒機能がついているので大丈夫なはず。そう考えると、このクマ装備は万能過ぎる。だから、脱げないいんだよね。

くまゆるは街を出て山脈に向けて走り続ける。近づいてくる山を見ているうちにマップが更新されていく。

「大きいな」

くまゆるに乗ったわたしは登山口に辿《たど》り着く。どこかに道があるとは聞いたけど、もしかして、この細い獣道のことかな？

くまゆるがどうにか通れる程度の細い道だった。

まあ、道があるぶん、進むのは楽だから助かる。迷ってもスキルのクマの地図のおかげで戻ってくることはできる。不便なところは先が分からないってことぐらいだ。

ここまで乗せてくれたくまゆるを送還して、ここからはくまきゅうにお願いする。くまゆるだけに乗るとくまきゅうがいじけるからね。

「それじゃ、くまきゅう。お願いね」

「くぅ～ん！」

くまきゅうが獣道に入っていく。徐々に登り坂になっていくが、くまきゅうはどんどん進んでいく。山の麓は森林が多く、草木が茂っていたが、登っていくと徐々に減っていく。さすが、召喚獣なのか、くまきゅうは疲れた様子も見せずに快調に登っていく。

探知スキルを使い、周辺を確認するが魔物の反応は遠く、近寄ってくる様子はない。登り続けると、森林は消え、周辺に岩が転がるようになる。下を見ると、かなり登ってきたのが分かる。

「くまきゅう、大丈夫？」

「くぅ～ん」

首を曲げて背中に乗るわたしのほうを見る。まだ、元気そうだ。

「疲れたら言ってね」

くまきゅうの頭を撫でる。くまきゅうは嬉しそうにして速度を上げる。くまきゅうは坂道を駆け上がっていく。徐々に雪が舞い始め、足元にうっすらと雪が積もり始める。そんな薄い雪の上をくまきゅうは走り抜けていく。後ろを見ればくまきゅうの足跡がある。

山の天気は変わりやすいとはいうけれど、こうも変わるもんなんだね。それとも異世界だからかな？

雪が徐々に強くなっていく。くまきゅうのおかげで楽にここまで来ているが、普通の人なら何度も休憩を入れないとダメだったはず。寒さ対策をすれば重くなるし、しなければ寒さに体が動かなくなる。わたしはクマの着ぐるみのおかげで寒くも暑くもない。

そして、降ってくる雪も強くなり始め、地面の雪も深くなっていく。でも、くまきゅうは気にせずに雪の上を走っていく。雪山を登っていくと右のほうに白いウルフが見えた。

スノーウルフ。白い毛皮に包まれたウルフ。フィナのお土産に白い毛皮がいいかな？

そう思っていると、スノーウルフはこちらを見て逃げ去っていく。くまきゅうがいるから襲ってくるようなことはない。白い毛皮が欲しかったけど、わざわざ追いかけるようなことはしない。

山脈で見かけた魔物は3種類。スノーウルフ、スノーダルマ、スノーラビット。

スノーウルフは普通のウルフと変わりない。違うのは毛の色が白いだけで、能力的には同じ。

スノーラビットは名前の通り少し大きめのウサギだ。こちらから攻撃をしかけなければ、基本なにもしてこない。

スノーダルマは氷の魔石に雪が集まって魔物化した生物。見た目は雪だるまに手足がついているといえばイメージしやすいかな。攻撃方法は単調で、体当たりか、口から吹雪を吐き出す。ゲームのときは武器や防具を凍らされたのを思い出す。

あと、特徴としてはスノーダルマには物理攻撃が効かない。物理攻撃しても崩れるだけで、すぐに再生してしまう。倒す方法は炎で雪を溶かすしかない。

なので、スノーダルマには火の玉《ファイヤーボール》を撃ち込む。火の玉が命中すると雪は蒸発して、その場に氷の魔石を落とす。

これが冷蔵庫や冷凍庫に使える氷の魔石だ。氷の魔石はいろいろと活用できるので、拾っておく。

山を順調に登っていくと、雪は徐々に吹雪に変わる。これは吹雪が収まるまで休憩をしたほうがいいかな？

クマ装備のおかげで寒さはない。くまきゅうも平気そうにしている。このまま進むこともできるけど、視界が悪すぎる。無理して進むこともないので、吹雪がやむまで休むことにする。

白い視界の中、雪を防げる場所を探す。

「う〜ん、ないな」

あたりを見渡すが、吹雪を防ぐ場所がない。ないなら作るしかないかな？

どうしようかと悩んでいると、くまきゅうが何かに反応する。

魔物かと思い、探知スキルを使うが、探知スキルには魔物の反応はない。その代わりに、人の反応が2つあった。

84　クマさん、人を助ける

この吹雪の中に人がいる。

考えられるのはわたしと同じ冒険者。この吹雪の中、一般人がいるとは思えない。こんなところまで魔物を討伐に来たのかな？

でも、エレローラさんは山脈は険《けわ》しいから、魔物を倒すメリットが薄いため、登る冒険者もいないと言っていた。

う〜ん、こんな吹雪の中、誰なのかな？

くまきゅうを見て、いきなり攻撃されても困るから、避《よ》けて移動することにする。探知スキルの反応を見て、反応がないほうへの移動を決める。でも、反応自体に動きがない。

これはビバークでもしているのかな。もしかすると洞窟《どうくつ》があるのかもしれない。なら、このまま進んでも大丈夫かな？

どうしたものかと悩んだあげく、進むことにした。ビバークしていれば気づかれることもないだろうし。襲ってきたりはしないと思う。

吹雪も徐々に強くなり始めている。探知スキルを使いながら、反応がある場所の近くに到着する。

あたりには洞窟も岩陰もかまくららしきものもない。まして人が立っている姿はない。

でも、探知スキルには反応がある。考えられるのは、雪に埋もれていることくらいだ。

もしかして、これはマズイ状況？

目を凝《こ》らして積もっている雪を見る。一面、白く雪に覆《おお》われて、人らしき姿は見えない。

このあたりだと思うんだけど。見回していると、くまきゅうが反応する。そっちを見ると、
雪に埋もれているリュックらしいものが見えた。

くまきゅうから降りて、リュックがあるところに駆けつける。雪をどかすと中には男女
がお互いを抱き締めるように倒れていた。

「大丈夫⁉」

雪を風魔法で吹き飛ばし、揺すってみる。２人とも意識はないが息はしている。

くまゆるを召喚して、２人をくまゆるとくまきゅうに乗せる。

そして、どこかに雪を防げる場所がないか探す。わたしは山肌を見つけると、土魔法で
雪崩《なだれ》が起きないように静かに大きな空洞を作り上げ、くまゆるとくまきゅうと一緒に洞窟
の中に入る。そして、王都に向かったときに使用した旅用のクマハウスを取り出す。

２人をクマハウスの中に運び、ソファーの上に寝かす。冷えている体を温めるために毛
布をかけてあげる。これだけだとまだ寒いので、クマハウスの部屋の温度も上げる。

クマハウスの中は基本、寒くも暑くもない。適度な温度が保たれるようになっている。

でも、冷えきった2人の体を温めるために火の魔石を使用して部屋の温度を上げる。あとは目覚めるのを待つだけだ。

「とりあえず、これで大丈夫かな？」

お腹《なか》も空いたので、食事を用意して食べることにする。

キッチンに行って温かい食べ物と飲み物を用意して2人のところに戻ると、女性の体が動きだし、ゆっくりと目が開いた。

「こ、ここは？」

「起きた？」

女性の目が部屋を見渡し、最後にわたしを捉える。

「……クマ？　……あなたは？」

「わたしは冒険者のユナ。雪山で倒れているあなたたちを見つけたんだけど、覚えている？」

女性は少し考え、何かを思い出したかと思うと叫ぶ。

「ダモン！」

「男の人ならそこで寝ているよ」

隣のソファーを指す。

そして、息をしている男を見て女性は安堵《あんど》する。

「良かった。あなたが助けてくれたの？」

「たまたまね。雪の中で倒れているあなたたちを見つけてね。もし、気づかなかったら危なかったよ」

「ありがとうございます。わたしはユウラと申します。こちらは夫のダモンといいます」

ユウラさんは頭を下げる。年齢は25歳前後かな？

エレローラさんのこともあるから分からないけど。毛布を被《かぶ》り、少し寒そうにしているユウラさんに、温めた牛乳を渡してあげる。

「それで、どうしてあんなところに？」

冒険者でもあまり来ない場所だと聞いているけど、どう見ても彼女たちは冒険者にさえ見えない。

「はい、わたしたちはミリーラの町からクリモニアの街に向かうところでした」

「ミリーラの町って確か、この山を越えた先にある町だよね」

海がある町。わたしが目指している町だ。

「はい、そうです。その町からクリモニアの街に食料を買いに行く途中だったのですが、力尽きて」

「食料？　なんでまた雪山を越えて？」

「まだ、クリモニアの街まで伝わっていないのですね」

ユウラさんは悲しそうに言う。

「………？」

「今から1か月ほど前に、ミリーラの海に魔物が現れたんです」

魔物って、やっぱり、海にもいるんだね。

「冒険者の方が言うにはクラーケンだそうです。クラーケンは漁港の近くに現れ、船を襲うようになり、船は出港も入港もできなくなりました」

クラーケンってゲームだと海イベントのボスだった。

イカの化け物。火、雷が弱点だけど、海の上だから火の威力は半減、雷はダメージは大きいが場所が海のため、失敗すると自分、仲間にも被害が出る面倒な魔物。

戦士系は役に立たず、魔法使いが活躍するイベントだった。わたしも参加したけど、面倒な魔物だった記憶がある。

「さらにクラーケンが現れたことで、他の町から船が来ることもできず、食料も入ってこなくなりました。それで、わたしたちは食料を求めてクリモニアに向かうところだったんです」

「町に冒険者ギルドはないの？　力を合わせてクラーケンを倒すとか？」

ユウラさんは首を横に振る。

「冒険者ギルドはあります。でも、クラーケンを倒せるほどの冒険者はいません」

イベントとはいえクラーケンはボスクラスだからね。この世界だと、どのくらいの強さがあれば倒せるのかな？

「でも、無理に山を越えてクリモニアに行かなくても、魚を食べれば」

わたしの言葉にユウラさんは首を横に振る。

「クラーケンのせいで船を出すことはできません。前に、浅瀬なら安心だと思った漁師を襲って、クラーケンが町の近くまで来ることがありました。それ以来、船を出すことも、海に近寄るのも制限されています」

船を出して、クラーケンを町に呼び寄せたら食料どころの問題ではない。

「でも魚なら、船を出せなくても捕れるんじゃない？」

普通に釣竿で魚を釣るとか？

でも、ユウラさんは首を横に振る。

「捕れますが、数が少ないのです。しかも、魚を捕るのは一部の限られた者にしか許されていません」

「どうして？」

「人が海岸沿いに集まると、クラーケンが姿を現すことが多いんです。だから、人数制限がかけられました」

つまり、釣りをしていると餌《えさ》と認識されてクラーケンが寄ってくるってことになるのかな？

「そして、釣った魚は商業ギルドで管理され、配られることになっていますが、量が少ないので、わたしたちに回ってくることはありません」

魚の量と人の数が見合わなければ、足りないのは必然だ。

ユウラさんから町の話を聞いているとソファーに寝ている男性が動きだし、目が開く。

「ダモン、大丈夫？」

ユウラさんが心配そうに男性に近寄る。

「ユウラ？　俺たちは助かったのか？」

男性は上半身を起き上がらせ、ユウラさんの手を握る。

「ここにいる冒険者のユナさんが助けてくれたのよ」

「……クマ？」

分かっているけど、みんな同じ反応をするね。

「ダモン、失礼よ。雪の中、倒れているわたしたちを助けてくれたのよ」

「ああ、すまない。俺はダモン。助けてくれてありがとう。それでここはどこなんだ？」

「わたしの家だよ」

移動式、クマハウスの中だけど。

「俺たち助かったんだな……」

2人は嬉しそうに抱き合う。わたしは落ち着かせるためにキッチンで牛乳を温めてダモンさんに持っていく。

「ありがとう。助かる」

受け取ってひと口飲み込む。2人が落ち着き始めたので話を続ける。

「でも、どうして2人は山脈に？　遠回りになるけど海沿いの道があるって聞いたけど」

かなりの遠回りになるが街道があるって聞いている。命をかけてまで山脈に登らなくてもいいと思うんだけど。

「それが……」

「クラーケンが現れてからしばらくすると、海沿いの道に盗賊が現れるようになったんです。それで、町から出ていく者や、食料を仕入れに行った者たちが襲われています。だから、道は通れません」

「クラーケンは無理でも、盗賊ぐらい冒険者なら倒せるんじゃ。町で依頼を出すとかして」

冒険者だって、町に食べ物がなくなるのは困るだろうし。

でも、2人は首を振る。

「それが、ランクが高い冒険者は町から逃げだす人に雇われて出ていったんだよ」

「今、町に残っている冒険者はランクが低い者だけしか残っていません……」

クラーケンは倒せない。盗賊は倒せない。高ランク冒険者も町から出る前にやることがあるだろうに。

2人の話を要約すると、海はクラーケンによって船が出せないため漁業もできず、他の町からの物資も入らなくなり、唯一の道は盗賊が現れて通ることができない。さらに、冒険者は役立たず。そして、浅瀬の魚は量が少なく、全員に回ってこない。

「山は？　海だけじゃないでしょう」

山にはウルフもいれば、動物もいるだろうし、山の幸もある。

「はい、少しは手に入れることもできます。でも、それも数には限りがあり、高いお金を払わないと手に入れることはできません」

確かに数に限りはあるよね。

「他の港は、ミリーラの町の海がクラーケンに襲われているのは知っているんだよね。国とか動かないの？」

王都じゃないけど、クラーケンなら国の兵が動いてもおかしくはないと思うけど。

「わたしたちの町はどこの国にも属していません。そのため、クラーケンを倒しに来てくれる国はありません」

「そうなの？」

「昔、戦争時代に逃げてきた人たちが作り上げた町と聞いてます」

冒険者はダメ、国もダメって、これって詰んでない？

うーん、どうしたものか？

わたし？　流石《さすが》のクマも海の中では戦えないよ。

「2人はこれからどうするの？」

「可能ならクリモニアの街に行こうと思います」

「それで、戻ってこられるの？」

目的地にも着いていないのに。

同じ道を通って行って帰れる可能性は低い。

「それは……」

「でも、行かないと、子供も父も母もお腹を空かして待っています……」

2人の言葉に力がこもっていない。ここまでの道のりのことを思い出しているのだろう。言葉では行くと言っても、雪に埋もれて死にかけたときのことが脳裏に浮かんでいるみたいだ。

このまま行かせてもいいけど、途中で死なれでもしたら後味が悪い。食料はウルフが5000匹近くあるし、パンやピザを作るために小麦粉も大量に持っている。食料は腐るほど持っている（腐らないけど）。

「あのう、それで、ここはどこなんですか？」

「雪山の中だけど」

「「えっ」」

2人が驚く。

そりゃ、雪山の中に家があると聞けば驚くよね。

「2人が倒れたところの近くの洞窟だよ」

「本当ですか？」

「嘘《うそ》だと思うなら確認するといいよ」

2人はクマハウスの窓から外を見る。洞窟の中でも吹雪《ふぶ》いている外まで見える。

「どうして、こんな洞窟の中に家があるんですか？」

「わたしが魔法で出したと思ってくれればいいよ」

「そんなことが……」

「できるから雪山に来たんだけどね」

クマさんシリーズがなかったらこんな雪山にいない。

クマの服、召喚獣クマ、クマハウス、クマボックス。便利なクマさんシリーズ。

「ところで、さっきの食料の件だけど、わたしがある程度持っているから譲るよ」

「本当か！　分けてもらえるなら助かるが……。これでどのくらい売ってもらえる？」

ダモンさんは皮袋を取り出し、テーブルの上にお金を出す。

銀貨、銅貨がテーブルの上に転がる。たぶん、家にあるお金を掻《か》き集めてきたんだろう。

わたしの感覚で言えば多くはない。

「少ないと思うが、これが俺たちが出せる全財産だ。なるべく多く譲ってもらえると助かる」

ダモンは頭を下げる。こんな小娘にそんなに深く頭を下げなくてもいいのに。

まあ、横柄《おうへい》にくれって言われたら断ってたけど。

「お金はいらないよ。頼みを聞いてくれればいいよ」

ウルフの在庫処分に付き合ってもらいます。

「その頼みってなんだ？」

「町の案内をお願い」

「……それだけでいいのか？」

「それだけでいいよ。無理なお願いはしないから」

クラーケンがいなければオススメの魚屋さんを紹介してもらうんだけど。とりあえずは町に行ってからかな。

「ありがとう」

こんな変な格好をした子供にお礼が言えるんだね。それだけ困っているってことかな。

「それよりも、今日は疲れているでしょう。食事の用意をするから、食べたら休んで。吹雪がやんでいたら、朝一番に出発するから」

2人に温かい食事を用意してあげる。2人はうっすらと涙を浮かべながら食事をしていた。町にいたときには、あまり食事をとっていなかったのかな。そんな状態で山に登るなんて無謀もいいところだ。

食事が終わると2人を2階の寝室に案内する。

わたしも自分の寝室に行き、今日の疲れを取るために布団に潜り込む。

85　クマさん、ミリーラの町に着く

洞窟の前に積もっていた雪を風魔法で吹き飛ばすと、外は快晴だった。昨日の吹雪が嘘《うそ》のように晴れ渡っている。元引きこもりには眩《まぶ》しいぐらいだ。

「ユナちゃん、家はどうするの？」

昨日の食事のときに打ち解けて、呼び方が「さん」付けから「ちゃん」付けになっている。わたしとしてもそのほうが落ち着く。

「魔法で出したから、しまうこともできるよ」

「ユナちゃんって、本当に凄《すご》い冒険者なのね」

「普通の冒険者だよ」

自分で言っておいてあれだけど、胡散臭《うさんくさ》いセリフだね。

こんなクマの格好をして、一人で雪山にいて、魔法で家を出し入れできる冒険者が他にいたら見てみたいよ。

2人には先に洞窟から出てもらい、クマハウスをクマボックスにしまう。

わたしが外に出ると、新雪のため2人は歩くのに苦労している。

「それじゃ、昨日の夜に説明をしたクマの召喚獣を呼び出すけど、驚かないでね」

昨日の食事のときに召喚獣のくまゆるとくまきゅうのことを話してある。わたしは両手を差し出すと、くまゆるとくまきゅうを召喚する。

「……本当にクマが出てきたわ」

「このクマに乗るのか？」

2人はいきなり現れたくまゆるとくまきゅうに驚いている。

「ダモンさんとユウラさんの2人は黒いクマのくまゆるに乗ってください」

「襲ったりはしないよな？」

恐る恐るくまゆるに近づく。

「悪さをしたり、悪口を言わなければ大丈夫よ」

「悪口って、人の言葉が分かるのか!?」

「分かるよ。くまゆる、しゃがんで2人を乗せてあげて」

わたしの言葉にくまゆるは腰を下ろす。わたしの言葉に従ったくまゆるにダモンさんは言葉を失う。

「その……くまゆる……よろしく頼む」

ダモンさんがお願いするとくまゆるは「くぅ～ん」と返事をする。

「凄い、本当に言葉を理解している」

ダモンさんはくまゆるの背中に乗る。

「ユウラさんも乗ってください。出発するので」

ユウラさんは頷《うなず》き、夫のダモンさんの後ろに乗る。2人が乗るとくまゆるがゆっくりと立ち上がる。

大人だとくまゆるとくまきゅうに乗るのは2人が限界かな。

「落ちないと思うけど、しっかり、摑《つか》まっていてくださいね」

わたしもくまきゅうに乗り、町に向けて出発をする。進む速度は遅め、初めは歩く速度で進み、慣れてきたら少しずつ速度を上げる。雪山だから平地ほど速度を出すことはできないけど人が歩くよりは速い。

「少し速度を上げるよ」

山の天候は変わりやすい。昨日みたいに吹雪《ふぶ》く可能性もあるので、速度を少しだけ上げ山脈を登っていく。途中で現れるスノーダルマは火の魔法で倒していく。

くまゆるがいるから大丈夫だと思うけど、2人が襲われでもしたら、大変だからね。

「こんなに簡単に……」

「凄い」

2人はわたしに会うまでは、魔物を見つけると隠れたり、道を変えたりしていたそうだ。まあ、スノーダルマは打撃じゃ倒せないから、一般人には無理かな。しばらく進むと山の反対側に出る。遠くに青い海が広がっている。

おお、夢にまで見た海だ。

この雪山を下りていけば海が待っている。クラーケンも一緒に待っているけどね。こういう抱き合わせ商品は本当はいらないんだけど。海だけをプレゼントしてほしかった。クラーケンがいなければ最高だったんだけどね。

でも、ここから海が見えるからといって、近いとは限らないんだよね。見えるけど、遠い。感覚的に富士山の上から下りる距離はあるような？

もっとも、引きこもりのわたしは富士山には登ったことはない。あくまでテレビで見た感想だ。それに引きこもりのわたしの体力では富士山なんて登れる気がしない。本当にくまゆるとくまきゅうには感謝しないといけない。

さあ、海を目指して出発だ。

雪山の山頂付近からくまゆるとくまきゅうは駆け下りていく。くまゆるに乗っている2人は先ほどから騒いでいる。「止めてくれ」とか、「速い」とか、「死ぬ」とか叫んでいる。

まあ、下り坂をかなりの速度で駆け下りているからしかたない。乗ったことはないけど、ジェットコースターってこんな感じなのかな？

それから数時間後、麓《ふもと》まで下りてきた。もちろん、途中で休憩は入れたよ。

「2人とも大丈夫？」

「はい、なんとか」

「だ、大丈夫だ」

初めは叫んでいた2人だったけど途中から静かになり、2人は一生懸命にくまゆるに抱きついて耐えていた。

「でも、俺たちがあの山をどれだけの時間をかけて登ったかを考えると悲しくなるな」

ダモンさんは下りてきた山脈を見る。わたしも遠くまで来たものだ。まあ、こんなところまで来られたのもくまゆるとくまきゅうのおかげだ。


山を下りてきたわたしたちは、途中でくまゆるとくまきゅうから降りて、歩いて町に向かっている。

ダモンさんやユウラさんに、くまゆるとくまきゅうに乗ったまま町に行くと驚かれるから、やめたほうがいいと言われた。やっぱり、クマは世間一般的には凶悪な動物と思われているのかな？

そして、夕暮れ前には町に着くことができた。

「本当に一日で戻ってきてしまった」

2人は自分たちの苦労はなんだったんだろうと呟《つぶや》いている。

町の近くまでやってくると潮風が吹いてくる。やっと、海まで来たと感じられる。ゲームの中にも海はあったけど、魔物がいた。まあ、この世界にも魔物はいるから変わらないか。

町に近づくと男性が立っている。

「ダモン、戻ってきたのか！」

「ああ、死にかけたところをこの嬢ちゃんに助けてもらった」

男性はわたしを見る。

「うん？　クマ？」

「冒険者のユナだよ」

ギルドカードを見せる。

「……冒険者？」

クマの格好をしている小娘が冒険者と名乗ったので驚いているみたいだ。何度もわたしとカードを見比べている。まあ、クマの格好をした女の子が冒険者だとは思わないよね。

「本当か？」

「本当よ」

「ああ、ここに来るまで魔物を倒しながら護衛もしてくれた。見た目と違って強い冒険者だよ」

ダモンさんの言葉に男性が不思議そうにわたしを見る。

「それでダモン、クリモニアの街まで行けたのか？」

ダモンさんは首を横に振る。

「途中で力尽きた。その時に彼女に助けてもらった」

「そうか、クマの嬢ちゃん、ダモンたちを助けてくれて、ありがとな」

「来る途中で見つけただけだから、気にしないでいいよ」

「そうか。町の状態はダモンから聞いていると思うが、歓迎する」

そう言って町の中に通してくれる。

「これからユナちゃんはどうするの？」

「今日は遅いから明日に備えて寝るよ。だから、宿を紹介してくれると助かるけど」

「宿か……、食事が出ないと思うが」

食料不足だ。他の街からきた人間に食べさせるものがないぐらい理解できる。

「いいよ。食べ物なら持っているから、寝る場所を提供さえしてもらえれば」

もし、泊まれないというなら、人が来そうにない場所を見つけて、クマハウスを設置すればいい。

「それなら、ユナちゃん。宿を取らなくてもわたしたちの家に来てくれれば」

「うーん、やめておくよ。せっかく、久しぶりに家族と会えるでしょう。わたしに気を使うことないよ」

「でも、あんなに食料をもらって」

昨日のうちにアイテム袋にウルフの肉に小麦粉、野菜を入れて渡してあげた。

この2人はアイテム袋も持っていないのにクリモニアまで買い出しに向かっていた。クリモニアに辿《たど》り着いたとしても、購入した食材を持って本当にあの山脈を登るつもりだったのかと思うと、無謀もいいところだ。

それだけ、切羽詰《せっぱつ》まっていたってことかな。

「お礼は町を案内してくれればいいよ」

2人は食材と引き換えにお金をくれようとしたが、それは断った。

宿屋の案内もはじめは断ったんだけど、「それぐらいはさせてくれ」と言われてしまった。

2人は食料を早く家族に持って帰りたいのを我慢して、わたしを宿屋まで案内してくれている。


町の中に入ってしばらく歩くが活気がない。人通りが少ないのだ。日が暮れてきているといっても人が少ない。大きな広場に行っても人がいない。その代わりにわたしの格好を奇異の目で見る人も少ないから助かるんだけど。

「本当なら、ここには屋台がたくさん出ているんだけどね」

ユウラさんは寂しそうに言う。

「クラーケンのせいで魚が捕れなくなって誰も商売ができなくなったんだよ」

「船も来ないから、近くの町からも人が来なくなったからね」

「捕れた魚は商業ギルドが管理しているんだっけ？」

「ああ、あいつらはこんな状況なのに金儲《かねもう》けのことしか考えていないからな」

一応、表向きは魚を配っているらしいけど、裏ではお金を払う人に優先的に回しているらしい。

でも、わたしの商業ギルドのイメージはまさにそんな感じだけどな。両手を擦《こす》りながら、「儲かりまっか？」とか言ったりして。

クリモニアの知り合いの商業ギルドの職員も、商売のことになるとうるさいからね。まあ、そのおかげでお店も繁盛しているんだけど。

「ダモン！」

宿に向けて歩いていると、後ろからダモンさんを呼ぶ声がする。振り向くとダモンさんと同い年ぐらいの男性がやってくる。

「ジェレーモ？」

「いつ戻ってきたんだ？」

「ついさっきだ」

「そうか、おまえが山脈を越えてクリモニアの街に向かったと聞いたときは驚いたぞ」

「食べ物が残り僅《わず》かだったからな」

「それはすまない。それで、そっちの変な格好をしたお嬢ちゃんはなんなんだ？」

男はダモンさんからわたしに視線を移す。

「彼女はユナ。冒険者だ。俺たちが雪山で倒れているところを救ってくれた。そして、食材も分けてくれて、俺たちを町まで送り届けてくれた」

「冒険者？　……このクマの格好をしたお嬢ちゃんが？」

「ユナ、紹介するよ。商業ギルドで働いているジェレーモだ」

「悪徳商業ギルドの？」

「こいつは、マシなほうだ」

「マシなほうって、そんな言い方ないだろう」

「それでも、あいつらの仲間ってよりはいいだろう」

「そうだが。あらためて俺はジェレーモ。一応商業ギルドで働いている」

わたしの格好が気になるのかジロジロと見ている。

「わたしはユナ。一応、冒険者。クマの格好については、聞かれても答えないからね」

わたしが先手を打つとジェレーモさんは口を閉じる。いろいろと聞かれても答えることはできないし、なによりも面倒くさい。

「まあ、ダモンを救ってくれたことには感謝する。それで、嬢ちゃんはなにをしに雪山を登ってきたんだ」

「海を見に来たんだよ」

「……それだけのために、あの山を越えてきたのか？」

わたしの言葉に呆《あき》れた様子。

海を見るのも目的だけど。一番の目的は海の食材だ。

「こんな小さな嬢ちゃんが、あの山を越えてくるなんて、信じられないな」

「まあ、助けられた俺も信じられないが、魔物を簡単に倒す姿を見ているからな」

「ほう、それは凄い」

「嬢ちゃんがそれだけ強いなら、先日来た冒険者と協力して盗賊を倒せるんじゃないか？」

「冒険者？」

「ああ、先日、街道を通ってランクCの冒険者パーティーがやってきた」

「そうなのか？」

「ああ、問題は、うちのギルドマスターが声をかけるとか言っていたことだ。もしかすると、商業ギルドに取り込まれる可能性もある。それに町から出ていきたがっている者も多くいる。護衛を請け負って出ていくかもしれん」

「そうだな。そのパーティーがいい冒険者たちなら、いいんだが」

小さな沈黙が流れる。

「それじゃ、俺は仕事に戻る。クマの嬢ちゃんもこの町に長居しないことをお勧めするよ」

ジェレーモさんとは分かれ道で別れた。

86　クマさん、冒険者ギルドに行く

「ユナちゃん、ここが宿屋よ」

案内された宿屋は意外にも大きな宿屋だった。

「船を使って他の町から魚の買い付けに来る人もいるからね。今は来る人はいないから、空いていると思うよ」

2人は先に宿屋に入り、わたしもついていく。

「デーガさんいるか？」

「ダモンか」

わたしが宿屋の中に入ると、日に焼けたマッチョがカウンターに座っていた。マッチョと目が合う。

「筋肉？」

「クマ？」

お互いの特徴を言い合う。

凄《すご》い筋肉だ。海の男って感じの貫禄《かんろく》がある。

「ダモン、そのクマの格好をした可愛《かわい》らしいお嬢ちゃんはなんだ?」

「俺たちの命の恩人だ。クリモニアに向かっていたところを救われた」

「命って、大袈裟《おおげさ》な」

「本当よ。雪山で倒れていたところを助けてもらったの。それで、護衛をしながら町まで送ってきてくれたのよ」

「このクマのお嬢ちゃんが……」

「それで、宿に泊まりたいそうなんだが、部屋は空いているか?」

「先日来た冒険者一行が泊まっているぐらいだ。いくらでも空いているぞ」

「それじゃ、この子を泊まらせてやってくれないか?」

「ああ、もちろん構わない。ただし、食事を出すことができない。ダモンから話を聞いていると思うが、この町は食糧難に陥っている。言い方は悪いが、余所者《よそもの》に食べ物を食べさせる余裕がないんだ」

　モリンさんに作ってもらったパンとかその他の食べ物も持っているから、食べ物に関してはなにも問題はない。

「もし、食材があるようだったら作ってやることはできるが、どうする?」

　せっかくの申し出なので、作ってもらうことにする。魚介類が食べられないのは残念だけど。

　クマボックスから肉、野菜、小麦粉などの食材を筋肉《マッチョ》の前に出す。

「それじゃ、これでお願い」

「こんなにか⁉」

「どのくらい滞在するか分からないけど、美味《おい》しい食事をお願い。足らなかったら言って」

「よし、分かった。それじゃ、さっそく食事の用意をしてやるよ。本当なら美味しい魚料理を食べさせてやりたかったんだがな。俺はデーガだ」

「わたしはユナ」

「ああ、よろしくなクマのお嬢ちゃん」

どうして、名前を名乗ったのに名前を呼ばないかな。

このまま広まると、「クマのお嬢ちゃん＝わたし」の方程式が世界に広まりそうだ。実際にクリモニアの街では「クマの女の子＝わたし」の方程式が成り立っている。

ダモンさんたちは家に帰り、わたしは食事を用意してもらうことになった。料理の味はその風貌から想像ができないほど美味しかった。わたしはお腹《なか》も膨《ふく》らみ、部屋に案内してもらう。

部屋もたくさん空いているため、一人部屋で一番広い部屋をお値段据え置きで用意してもらえた。

くまゆるとくまきゅうを召喚する広さは十分にある。ベッドに腰かけて、クマフォンを取り出す。フィナが心配しているかもしれないので、連絡をする。

『ユナお姉ちゃん⁉』

ほんの数コールでフィナがクマフォンに出る。

「フィナ。こっちは無事に到着したよ」

『本当ですか？　良かったです』

クマフォン越しでもフィナの安堵《あんど》している様子が伝わってくる。こうやって心配してくれると、嬉しくなる。

『それで海は綺麗《きれい》ですか？』

「うん、綺麗だよ」

山の上からしか見ていないけど。

『いいな。わたしも見てみたいな』

「ティルミナさんが許してくれたら、一緒に来ようか」

『本当ですか!?』

まあ、それには盗賊《とうぞく》とクラーケンがいなくならないとダメだけど。フィナには心配させたくないので、盗賊のこともクラーケンのことも、町の食糧難であることも教えなかった。ただ、しばらくは海を見て回ることを伝え、帰るのは遅くなることは伝えた。

夜も遅いので、会話をほどほどにする。

「それじゃ、なにかあったら遠慮しないで連絡をちょうだいね」

『はい。ユナお姉ちゃんも無理はしないでくださいね』

朝起きると、ベッドの上に大きな黒い饅頭《まんじゅう》と白い饅頭があった。なんだろうとよく見ると、子熊化したくまゆるとくまきゅうがベッドの上で丸まって寝ていた。昨日の夜に、防犯対策で召喚しておいたのを思い出す。15歳の乙女《おとめ》が寝ているんだ。そのぐらいの防犯対策は必要だからね。

でも、くまゆるとくまきゅうは気持ちよく寝ているけど、誰かが来たら起こしてくれるよね？

信用しているからね。寝ているくまゆるとくまきゅうを優しく撫《な》でる。撫でるとわたしのほうを見るけど、小さな欠伸《あくび》をすると、くまゆるとくまきゅうはすぐに丸くなってしまう。そんなくまゆるとくまきゅうを送還し、ベッドから起き上がる。わたしは白クマから黒クマの服に着替えて、1階の食堂に向かう。

「早いな。飯ならできているぞ」

筋肉マッチョのデーガさんが朝食を出してくれる。やっぱり美味しい。

この宿にはマッチョの奥さんと奥さん似の兄妹がいる。2人ともわたしより年上で、息子さんは宿を手伝いながら漁師をしているとのことだ。宿屋の食事の魚は息子さんが捕ってきて料理をしていたらしいが、現在は海に出られず、宿の手伝いをしている。

娘さんの年は、わたしより少し上ぐらいかと思う。掃除、洗濯、食事の準備と母親の手伝いをしている。2人を見たときマッチョでなくて良かったと思った。奥さんの遺伝子に感謝だね。

「味はどうだ？」

「美味しいよ」

「それは良かった。でも、俺たちの分まで食料をもらって良かったのか？」

「その代わりにいい部屋を使わせてもらっているからね」

デーガさんの話によれば、そろそろ食料が尽きる家も出てくるという。一応、知り合い同士で分け合っているが、それも限界に近いらしい。

「でも、少ないけど商業ギルドの配給もあるんでしょう」

「ふん！　一応配給の真似事はしているが、裏で金を払った住人に優先的に回している」

ユウラさんたちもそんなことを言っていたね。そうなると、食料を渡すなら他の場所がいいのかな？

「それじゃ、食料は手に入らないの？」

デーガさんは首を横に振る。

「冒険者ギルドが山でウルフや動物を狩って、配布しているが、量は少ない」

「冒険者ギルド、そんなことをしているの？」

「ああ、そのおかげで助かっている者も多い」

どうやら、商業ギルドはゴミだけど、冒険者ギルドはまともらしい。

わたしは宿屋を出るとデーガさんに聞いた冒険者ギルドに向かう。ギルドの場所はすぐに見つかる。クリモニアの街の冒険者ギルドよりも小さい。

わたしは冒険者からの喧嘩《けんか》を買う心構えをしながらギルドに入る。中に入ると冒険者の全員の視線がわたしに…………向かなかった。

「誰も……いない？」

「あら、失礼ね。ちゃんといるわよ」

声がしたほうを見ると、露出狂がそこにいた。強調された大きな胸。肌が見える腰まわり、短いスカート。女性は椅子に座りながら、朝からお酒を飲んでいる。

「可愛いクマさんがこんな冒険者ギルドになんの用かしら？」

「ここ冒険者ギルドだよね？」

間違えて大人のお店に来ちゃった？

「そうだけど」

冒険者ギルドで合っているらしい。

「それじゃ、どうしてギルドに露出狂がいるの？」

「あら、失礼ね。これはわたしの私服よ。男は喜んでくれるのよ」

そう言って胸を強調する。今の薄い胸板のわたしにはできない技だ。あと、数年もすればできるはずだけど。

「でも、その見てくれる男っていうか、冒険者が誰もいないんだけど」

「クマさんはこの町の冒険者について知らないのかしら？」

「クラーケンと盗賊が現れて困っている話は知っているよ。そして、高ランク冒険者は一部の市民と一緒に逃げだして、低ランク冒険者は残っているって聞いたけど」

でも、周りを見るが誰もいない。

「だいたい合っているわよ。ただ、残っている冒険者は商業ギルドのほうにいるわよ」

「冒険者が商業ギルドに？」

「低ランクとはいえ、低ランクの魔物や動物は狩れるわ。それを高いお金で買い取ってくれるから、ほとんどの冒険者は、あっちに行ったわ」

なるほど、冒険者ギルドではなく、商業ギルドに売ればお金になるってわけか。つまり、冒険者は巨乳よりもお金を選んだわけか。口に出さないけど。

「冒険者ギルドは高く買い取らないの？」

「あら、わたしにあんな奴と同じことをしろと」

女性は睨《にら》みつけるようにわたしを見る。

一瞬、女性の鋭い目つきにたじろいでしまう。

「ふふ、冗談よ。そんなに怖がらないで。それで可愛いクマさんは冒険者ギルドになにしに来たのかしら」

「食料が足りないって聞いたから、寄付しに来たんだけど。一応、冒険者だからね」

「あなたが冒険者？　ふふ、あはははははは…………。久しぶりに笑ったわ。クマのお嬢ちゃんが冒険者？　あははは」

何度もわたしを見て笑い出す。

「そうだけど」

笑いながら女性はお酒を飲む。気持ちは分かるけど、そこまで笑わなくてもいいと思う。

「ごめんなさい。でも、嘘はいけないわ。わたし、あなたみたいな可愛いクマさんの冒険者なんて見たことがないわ」

「それは、わたしはクリモニアの冒険者だからね」

「クリモニア？」

女性の表情が変わる。

「確認のため、ギルドカードを見せてもらえる？」

「いいけど、あなたは？」

「ああ、そう言えば名乗っていなかったわね。わたしはこの街の冒険者ギルドのギルドマスターのアトラよ」

まさかの露出狂がギルドマスターとか。人材不足かな。アトラさんにギルドカードを渡す。

「他の職員はいないの？」

「街がこんな状況でのんびりしているほど、ギルドは暇じゃないわ」

あなたは暇そうにお酒を飲んでいなかった？

「戦闘の心得がある者は山に食料を捕りに、力のある者は近くの町へ冒険者の派兵の交渉に。それ以外の者は魔物、動物の解体、食料の配給をしているわ」

デーガさんもそんなことを言っていた。自分たちが捕ってきた食材を配給していると。

「聞いているかと思うけど。今は食糧難だからね。食料に困っている住人はたくさんいる。見殺しにするわけにはいかない。できることは、できる限りやるわ」

見た目とは裏腹に、住人のために頑張っているギルドマスターだった。


アトラさんはギルドのカウンターの中に入ると、わたしのギルドカードを水晶板に載せて操作をする。

「冒険者ランクD……名前はユナ」

アトラさんはわたしの冒険者ランクと名前を読み上げる。

「これは……」

目を細めながら水晶板に浮かび上がる文字を読んでいる。わたしのところでは何が書かれているか分からない。

「魔物……討伐に……タイガー……ブラック……盗賊……依頼達成率100%……」

聞き取れないほど小さな声で呟《つぶや》いている。聞き取れる断片からは、わたしが討伐した魔物の内容を見ているようだ。アトラさんは水晶板に浮かんだわたしのギルドカードの内容を見て固まっている。

「あなた、何者なの?」

「冒険者だけど」

それしか、答えようがない。

「ゴブリンの群れの単独討伐、ゴブリンキングの討伐。タイガーウルフ討伐、ブラックバイパー討伐。盗賊の討伐、依頼達成率100%。信じられないわ」

事実です。

「本当に一人でやったの？　とてもじゃないけど、信じられないんだけど」

アトラさんは目を細めて、疑うようにわたしを見る。

「見えないわね」

まあ、クマの格好をしている女の子ができるとは思わないよね。

「これだけでも信じられないのに、こんなものまであるなんて……」

アトラさんは信じられないものを見るようにわたしのギルドカードの情報を見ている。

他に驚く情報ってあったっけ？　魔物1万の情報は載っていないはずだ。あれはサーニャさんと話し合った結果、ギルドカードには載せないことになった。

「なにかあるの？」

ギルドカードの情報はわたしには見ることができない。

気になったので尋ねてみる。

「ええ、ギルドマスターしか見られない項目があるんだけど」

そこまで言うと、再度、わたしのほうを見る。

「エルファニカの刻印が押されているわ」

「エルファニカの刻印？」

　初耳なんだけど。

「そのエルファニカの刻印ってなに？」

「国王がもっとも信頼を置いている冒険者や商人に贈られる刻印よ。国のために働き、過大なる功績を残した者に与えられるといわれているわ。あなた年齢詐称《さしょう》していないわよね」

「15歳の乙女だよ」

　そんなものがギルドカードに押されているなんて知らなかった。刻印を押したのは間違いなく国王だよね。刻印っていうんだから、それ以外には考えられない。ギルドカードに入城許可証を記入するときに勝手にしたんだと思う。そんなものを押すなら、わたしに教えてほしかった。

「あなた、エルファニカ王国でなにをしたの？」

　間違いなく、魔物1万の件だよね。でも、そんなこと言えるわけがない。

「ちょっと、人助けをしただけだよ」

　嘘《うそ》は言っていない。わたしの返答に、アトラさんは目を細めて、疑うように見る。

「もしかして、あなた王族の関係者？」

「違うよ。普通の冒険者だよ」

クマの格好をした王族がいるわけがない。

でも、これって別の街のギルドに行くたびに騒がれることになるの？

「その情報、消すことってできる？」

やっぱり、国王に頼まないとダメなのかな？

「な、なにを言っているの!?　消せるわけないでしょう。エルファニカの刻印よ」

「そうやって騒がれるのが面倒なんだけど」

「それなら、大丈夫よ。刻印はギルドマスターしか見られないから、普通に使う分には誰も気づかないわ。でも、ギルドで困ったときにギルドマスターに見せれば、かなり優遇してくれるわよ」

昔の時代劇に出てきた印籠《いんろう》みたいなものかな。

「でも、ギルドマスターが言いふらせば意味がないような」

「普通はそんなことはしないわね。ギルドマスターしか見られないことになっている時点で、極秘扱いよ。口外でもすれば、ギルドマスターの資質を問われるわ」

なら、大丈夫なのかな？

アトラさんの場合、酔っ払った勢いで話しそうだけど。

「あなた、不思議な格好をしているけど。強い冒険者は大歓迎よ」

手を差し出してくるのでクマさんパペットで握手をする。少し前の態度とは違って歓迎してもらえた。

「それで、ユナはなにしに冒険者ギルドに？　もしかして、盗賊討伐でもしてくれるの？」

「それでもいいけど。さっきも言ったけど、今日は食料の提供に来ただけだよ。町の人の話を聞くと、商業ギルドよりも冒険者ギルドのほうがいいみたいだからね」

「あら、そんなことを言ってくれるなんて、嬉しいわね」

「ウルフでいい？」

「もちろんよ。1匹でも2匹でも、今は少しでも助かるわ」

5000匹だけど。

「セイ！　セイはいる？」

アトラさんは奥の部屋に向かって叫ぶ。

「なんでしょうか？」

奥の部屋から男性職員が現れる。

「セイ、食料のほうはどう？」

「あまり、芳《かんば》しくはないです。年寄りや子供がいるところに優先的に配給していますが、それも足りなくなりそうです」

「そう、彼女がウルフを提供してくれるそうだから、お願い」

セイと呼ばれた男性職員がわたしのほうを見る。

「ギルドマスター、こちらの可愛らしい格好をした女の子は誰ですか」

「冒険者のユナよ。昨日、この町に来たそうよ」

「冒険者ですか。自分は冒険者ギルドで働いているセイといいます。よろしくお願いします」

職員はわたしの見た目にこだわらず、丁寧に挨拶《あいさつ》をしてくれる。初対面でクマのことを問われなかった。

「それで、ウルフを提供していただけるとは本当でしょうか？」

「うん、他にもあるけど、ウルフが一番多いかな」

クマボックスには1万匹倒したときのウルフが入っている。それは処分ができないほどの数だ。

「助かります」

頭を下げてお礼を言われる。

「それじゃ、ウルフを1000匹ほど出すけど、どこか場所ある？」

町の人口がどのくらいか分からないけど、これだけあれば十分かと思う量を提示してみる。本当は野菜やパンなどがあるといいんだけど。それほど多くは持っていない。

「………今なんて？」

なんか、2人が口をポカンと開けている。

「どこか場所がある？」

「違うわよ。1000匹って言わなかった!?」

食糧難の住人に渡すなら1000匹じゃ足りなかったかな？

「足りないなら、２０００匹出すけど？」

「違うわよ。どうして、そんなに持っているのよ！　それ以前にどこにしまってあるのよ！」

「倒したから持っているだけ。たくさん入るアイテム袋を持っているから」

正直に答える。嘘はついていない。

「そうだったわね。あなた刻印を持っているんだったわね。やっと、その意味が少しだけ分かった気がするわ」

「刻印？」

セイさんが聞き返す。

「なんでもないわ」

これ以上聞かれないように、アトラさんがセイさんとの会話を打ち切る。

「ユナ。本当に持っているなら１００匹でいい。１０００匹もらっても解体ができないわ」

それはもっともだ。職員が何人いるか分からないけど、１００匹解体するのもそれなりに時間がかかるはずだ。常識的に考えて１０００匹は解体できる量ではない。

でも、１００匹だけだとウルフの在庫処分ができない。

「セイ、彼女を倉庫に案内してあげて。そして、職員全員で解体、住人に配給をお願い」

「あっ、そうだ。わたしがウルフを渡したことは黙っておいてね」

「どうして？」

「目立ちたくないから」

わたしの言葉にアトラさんとセイさんが改めてわたしの格好を見る。とっても言いたいことは分かるよ。でも、見た目で騒がれるのと、食料を渡して騒がれるのは別問題だ。もしかすると、食料欲しさにわたしのところに人が集まってくるかもしれない。それを一人一人対処なんてできない。

「了解。セイ、彼女のことは内密でお願いね」

「分かりました。ユナさん、こちらへお願いします」

セイさんは返事をすると倉庫に案内をしてくれる。

「こちらの床にお願いします」

わたしは案内された倉庫の床に、クマボックスから取り出したウルフを、山積みになるように置く。

「本当に、ありがとうございます。これで助かります」

「足りなかったら言ってね」

在庫を減らしたいから、と最後の部分は心の中で呟く。

ウルフの在庫が思ったよりも減らなかったのは残念だけど、セイさんの話では、提供していただけるなら、また、お願いしますと言われた。まだ、減らすチャンスはあるみたいだ。

ウルフを冒険者ギルドに渡して、わたしは町を探索することにする。とりあえず、この町に来た一番の目的である海に向かう。

本当は市場とかあれば魚介類を買いに行くんだけど。それはできそうもない。魚を勝手に釣ったりしたら、怒られるよね。それに魚釣りをして、クラーケンを呼び寄せてしまったら、大変なことになる。

海に向かって歩いていると、前にユウラさんの姿が見えた。

「ユウラさん、どこかに行くんですか？」

「ユナちゃん？　ユナちゃんを探していたのよ。昨日、町を案内してあげるって約束したでしょう。なのに宿屋に行ったら、もう外出したって聞いて」

「あっ、ごめん。冒険者ギルドに行っていたので」

忘れていたわけじゃないけど、町の食料が気になって、一人で冒険者ギルドに行ってしまった。

「これからの予定がないようなら町を案内するけど。どうかな？」

ユウラさんの申し出をありがたく受けることにする。

「それで、ユナちゃんはどこに行こうとしていたの？」

「とりあえず、海に行こうかと思って」

「それじゃ、案内するわね。そのあとはどうする？　どこか行きたいところあるの？　見ての通りこんな状況だから、なにもないけど」

「魚を売っている場所があれば見てみたかったけど」

今は市場とかないんだよね。

「魚は商業ギルドが仕切っているから、買うとしたら商業ギルドかな。お金を払えば買えるかもしれないけど、バカバカしい値段よ」

まあ、ほとんど捕れない状態だから高いのはしかたない。お金はあるから買えるけど、魚介類が食べたいってだけの理由で、町の少ない食料を買ったりはできない。

「ところでダモンさんは？」

「ダモンはユナちゃんにもらった食材を知り合いに配りに行ったわ」

「大丈夫？　足りている？」

「しばらくは大丈夫よ。お互いに少ない食材を交換してるからね」

「足りなかったら言ってくださいね」

頑張ってウルフの在庫を減らさないといけないしね。

しばらく歩くと海岸が見えてくる。視界いっぱいに大きな海が広がる。青く広がる海、青い空。クラーケンがいるとは思えない穏やかな海だ。目線を左に移すと多くの漁船が港に停泊している。クラーケンがいなければ多くの漁船が海に出ているんだろう。

「ユウラさんの船もあそこにあるの？」

「ええ、あるわ。クラーケンも出るから、船は出せないけどね」

「どの辺りに出るんですか？」

わたしは目の前に広がる海を指す。この、静かで穏やかにしか見えない広い海にクラーケンがいるとは思えない。

「どこって決まってないよ。遠出をする船は必ず襲われる。近くで魚を捕っていた者が襲われたこともあるから、一概にどこに現れるって言えないのよ。前も話したけど、町の近くまで来たこともあるから、どこにでも現れるともいえるわね」

現状でわたしはクラーケンを倒す方法を持っていない。海の上では戦えない。空は飛べないし、海には潜れない。ゲームでは水の中でも息ができるアイテムがあったり、スキルで水の中を人魚のように泳げたりするプレイヤーもいた。

でも、ここには水の中で息ができるアイテムも、人魚のように泳げるスキルもなければ、空を飛ぶこともできない。わたしが持っている力ではクラーケンを倒すことはできない。

せめて地上で戦うことができれば、魔法で巨大イカ焼きを作ることができるんだけど。

でも、こればかりはないものねだりをしてもしかたない。いくらクマ装備でも海の中では戦うことはできないのだ。高ランク冒険者や軍隊が動くのを祈るしかない。


海を見ながら海岸沿いを歩く。

すると、砂浜が見えてくる。アサリとかもあるかな？

味噌《みそ》があればアサリの味噌汁が飲みたくなる。本当に日本食が恋しくなってくる。

わたしがお金を出すから高ランク冒険者が討伐に来てくれないかな。そんなことを考えながら、砂浜を歩く。砂浜の歩く先には崖が見える。

「ユナちゃん。あの崖の先に盗賊が現れるから、行っちゃダメだからね」

ユウラさんが注意してくれる。わたし一人で歩いていれば、襲ってくるかな？　襲ってくれれば、出向かなくてすむから楽なんだけど。

それから、ユウラさんに町の中を日が沈むまで案内してもらった。途中で寄った冒険者ギルドではわたしが渡したウルフや他の食材を配っている姿があった。

87　クマさん、知らないうちに恨まれる

「どうなっているんだ！」

俺は部屋にいる部下を怒鳴りつける。

「どうして、冒険者ギルドがウルフ肉を大量に持っている！」

「倒したからでは？」

部下の一人が答える。

「おまえはバカか。1日や2日でそんなに大量に倒すことができるわけないだろう」

どいつもバカばかりだ。考えることをしない。

「ギルドマスター、もしかして、先日町に来た冒険者では？」

確かに数日前に冒険者パーティーが町にやってきた。剣士が2人、魔法使いが2人の4人のパーティーだ。ランクも高かったので、俺に力を貸さないかと誘ったが断りやがった。

今、思い出してもムカつく。しかも、リーダーの男は綺麗《きれい》どころの女を3人も連れていた。

この冒険者が冒険者ギルドに渡した可能性はある。でも、その冒険者は数日前から町の外に出ていると情報が入っている。

ただ、疑問なのは、どうやってあれほどのウルフの肉を用意したかだ。

「戻ってきたら、捕らえますか？」

「どこにCランクパーティーの冒険者を捕らえられる者がいるんだ。ものを考えてから口を開け！」

本当にバカばかりだ。そんなことができればはじめからやっている。できないから、こんな状況になっている。そんなことも分からないかと思うと、頭が痛くなってくる。

「とりあえず、冒険者ギルドがどうやってウルフの肉を大量に手に入れたか調べろ！」

俺が怒鳴りつけると、部下どもは部屋から飛び出すように出ていく。

使えない部下を持つと苦労する。

「くそ、あと1か月、儲《もう》けさせてもらったら、こんな辺鄙《へんぴ》な町から出ていってやるつもりだったのに」

5年前、この町の商業ギルドマスターになった。

もともとは大きな街の商業ギルドの職員だった。それがギルドマスターになれると聞いて受けてみればこんな辺鄙な町だった。それでも5年間頑張ってきた。住民を騙《だま》して金を貯《た》めてきた。大きな街に戻るために頑張ってきたのだ。それなのにクラーケンの出現によって壊れた。

船は出せなくなり、魚は捕れなくなり、バカ町長は財産を持って逃げ出す。さらに金づるの住民も逃げ出そうとする。これ以上金づるがいなくなるのは困る。

だから、俺はゴロツキの冒険者を金で雇って盗賊をやらせることにした。

冒険者どももこんなクラーケンがいる町から出ていく予定だったのだろう。出ていく前に金を稼ぎたかったのか、俺の口車に簡単に乗ってきた。

ゴロツキを雇った俺は盗賊の真似事をさせて、住人が町から逃げ出せないようにした。それでも、一部の住人は冒険者を雇い逃げたが、盗賊の話が広まると逃げ出す者はいなくなった。

唯一の移動できる道は盗賊に塞《ふさ》がれて、海にはクラーケンで船を出すことはできない。残るのは越えることが困難な山脈だけだ。必然的に住人は町に残ることになる。

海岸沿いで捕れる魚は、一部の漁師だけに捕らせて、全て俺が管理する。

平等に分け与えるふりをして、通常よりも高い値段で売る。食べ物が多く欲しい者はお金を払ってでも買いに来る。金を払わない者には少ししか与えない。与えないと暴動が起きるので、この匙加減《さじかげん》が難しいところだ。

たとえ逃げ出そうとしても、盗賊に襲わせて財産を奪う。逃げても財産を奪い、残っても財産を奪う。そうやって、あと1か月。搾《しぼ》り取ってから、俺は町から出ていくつもりだった。なのに、冒険者ギルドが無料でウルフの肉を配布しやがった。

そのせいで安く販売しろとか、無料にしろと言い出すバカまで出てきやがる。さっさと手を打たないと稼ぎがなくなることになるし、住人が騒いでしかたがない。

とにかく、ウルフの肉の仕入れ先を突き止めないことには何もできない。

待っていた情報はその日の夜に部下が持ってきた。

「クマが怪しいと思われます」

そんな報告をしてきた部下がバカに見えた。いきなり、クマが怪しいって、こいつ頭大丈夫か？

「お前、俺をバカにしているのか？」

「いえ、違います。クマの格好をした女がいるんです」

そんな変な格好している奴がこの町にいるのか？

「調べましたら、先日、一人でこの町に来たみたいです」

「盗賊に襲われずに来たのか？」

護衛でもいたのか？　一人で女が歩いていたらあいつらが襲うと思うが、一人だから、気づかれなかったのか？

「話によると一人で山脈を越えてきたみたいです」

「貴様、バカか。あの山を越えてきたっていうのか!?」

「門番をしている男から聞きましたから、間違いないかと。話によると、山脈越えをしようとした住人を助けたそうです。その翌日、町の中を歩くクマを何人もの住人が見てます。それから、冒険者ギルドに向かうところも見てます」

報告によれば、そのクマの格好をした女が冒険者ギルドに来てから、ウルフの肉が大量に出回ったそうだ。もし、あの山脈を越えられるほどの実力がある冒険者なら、女だろうがウルフぐらい簡単に倒せる。それにそれだけの大量のウルフが入るとなると、かなり上等なアイテム袋を持っていることになる。

かなりの上位冒険者ってことか？

ランクB、最低でもCってところか。

どうにか、その女をこちらに引き込みたいところだ。そうすれば、ウルフの肉も手に入るが。

どうしたらよいかな。

「それで、その女はどんな女なんだ？」

「13歳ぐらいの女の子で、可愛《かわい》らしいクマの格好をしています」

「…………はぁ。何歳ぐらいだって？」

「13歳ぐらいの女の子です」

「貴様バカにしているのか。そんな子供が一人で山脈を越え、ウルフを大量に持ってきたっていうのか」

「……はい」

13歳のガキだと。バカにしやがって。そんなガキがどうやって山脈を越えてくるんだ。少しは物事を考えてから報告しやがれ！　だから、バカは嫌いなんだ。

もっと、ちゃんとした報告はないのか！

だが、時間が経《た》てば経つほど集まってくる情報はどれもクマに関するものばかりだった。

冒険者ギルドの見張りをしていた者が言うには、ウルフの素材はまだたくさんあるとのことだ。倉庫で解体作業をして、外に肉が運び出されているのが確認されているという。

クマの女の件は信じられないが、ウルフの肉が存在するのは事実だ。

分からなければ、調べればいい。

「そのクマの女はどこにいるか調べてあるのか？」

「はい、デーガの宿屋に泊まってます」

「あの筋肉の宿屋か」

少し厄介《やっかい》だな。でも、このままにしておくわけにはいかない。

「なら、今夜、冒険者を4、5人集めて襲わせろ」

深夜、クマの女を襲うことにする。ウルフを持っていれば奪えばいい。持ってなければ、女を盗賊に渡して始末してもらおう。

俺の邪魔をする者は始末する。

だが、宿に向かった冒険者は誰一人戻ってくることはなかった。

88 クマさん、宿屋で襲われる

町を案内してくれたユウラさんと別れたわたしは宿屋に戻った。今日の夕食もマッチョが作ってくれた料理を食べ、お腹《なか》もポッコリと膨《ふく》らむ。

料理は美味《おい》しいけど、海が目の前にあるのに海鮮料理が食べられないのは悲しいものがある。町から離れた海で魚釣りでもしようかな。魚釣りの経験はないけど、魔法で釣れるかもしれない。

本当はクラーケンが倒せれば一番いいんだけど。わたしは倒す方法を持ち合わせていない。

町を歩いた限りでは、状況は悪い。活気はなく、海に出られず。唯一の道には盗賊が現れて、食べるものが少ない。海岸付近で捕れるものは商業ギルドが管理して、私腹を肥やす有様。

明日はもう一度冒険者ギルドに行って、アトラさんに盗賊の話を聞いたほうがいいかな？

盗賊を倒すことができれば食料問題も少しは解決するかもしれない。

とりあえず、今日は布団に入って寝ることにする。横では子熊化したくまゆるとくまきゅうが丸くなって寝ている。宿屋とかで召喚するなら、子熊化は便利だ。場所を取らないから、ベッドの上で一緒に寝ることもできる。

「なにかあったら、起こしてね」

くまゆるとくまきゅうの頭を撫《な》でて、わたしはくまゆるとくまきゅうに挟まれながら眠りにつく。

ペチペチ、ペチペチ。

頬《ほお》を何か柔らかいものが叩《たた》く。

ペチペチ、ペチペチ。

払いのける。

柔らかい毛皮が触れる。

毛布？

毛布を摑《つか》んで抱き寄せる。

う～ん、温かい。ふわふわだ。

すると、何かが顔に覆《おお》いかぶさる。

払いのけることができない。

だんだんと息苦しくなり、目が覚める。

「なに⁉」

起き上がると、くまゆるが顔に引っついていた。わたしの腕の中にはくまきゅうがいる。

「なに？　あんたたち寝相が悪いの？」

わたしがそう訴えると、くまゆるとくまきゅうは小さく「「くぅ～ん」」と鳴き、ドアのほうを見る。

「もしかして、誰か来たの？」

くまゆるとくまきゅうは再度「「くぅ～ん」」と鳴く。

デーガさんたちなら、くまゆるとくまきゅうが起こすわけがない。

探知スキルを使うと、宿の中に動く者がいる。数は４つ。

こんな夜中に誰？

他に泊まっている人がいた？

探知の反応はゆっくりと階段を上がってくる。もしかして、先日言っていたランクCの冒険者がこの時間に帰ってきたとか？

反応はわたしの部屋の前で止まる。襲われる覚えはないんだけど。襲うならボン、キュッ、ボンのギルドマスターみたいな女性のほうがいいだろうし。

とりあえず、対処するためにベッドから出て、くまゆるとくまきゅうを大きくさせておく。

ドアには鍵がかかっているけど、どうするつもりかな？

ガチャ。

簡単に鍵が開けられた。スペアキーでもあったのかな？　それとも魔法？

ゆっくりとドアが開く。15歳の乙女の部屋に侵入するんだから、手加減は必要ないよね。

ドアが開いた瞬間、ワンステップでドアの前にたどり着き、ドアを開けた人物の顔にクマパンチを入れる。殴られた男は通路の壁にぶつかり気を失う。その勢いのまま通路に出ると、薄暗い廊下に3人が立っていた。

顔を拝むため光魔法を放つ。

「なんだ！」

いきなりの光に驚く3人。そして、3人ともナイフを持っている。これって間違いなく強盗だよね。

「こんな夜中にわたしに用？」

「嬢ちゃんが冒険者ギルドにウルフを渡したのか？」

知られている？

「そうだとしたら？」

「おとなしく俺たちについてきてもらおう。そうすれば手荒な真似はしない」

ついてこいって言われても、そんな怪しい人たちについていくわけがない。

「断ったら」

「力ずくでも連れていく」

男はナイフを構える。

狙《ねら》いはわたしじゃなくて、ウルフだったみたいだね。

う～ん、ギルド職員に口止めしても、やっぱり情報は漏れるよね。

こんな夜中じゃなければ、わざと捕まったふりをして、親玉のところまで行って、ぶん殴って終わりにするんだけど。今は眠い。

わたしは睡眠、食事、ゲームの邪魔をされるのが一番腹がたつ。なので、さっさとぶっ倒して睡眠の続きをすることにする。

「そんなわけで、早く寝たいから倒させてもらうね」

「なにがそんなわけだ」

男たちがナイフを握り締め襲いかかってくる。

クマパンチ、くまぱんち、ベアーパンチ。

奥義、クマパンチが炸裂《さくれつ》する（普通のクマさんパペットパンチです）。

少し大きな音を立てて男たちは通路に倒れる。音を出しすぎたかな。マッチョさん家族が起きだしてしまうかもしれない。その前にわたしは男たちに問いかける。

「一応、確認のために聞くけど。誰に頼まれたの？　どこに連れていくつもりだったの？」

「言うわけがないだろう」

うん、面倒。わたしはくまゆるとくまきゅうを呼ぶ。

元の大きさに戻っているくまゆるとくまきゅうが、ドアをギリギリ通って廊下に出てくる。

「ク、クマ！」

男がくまゆるを見て、驚愕《きょうがく》の表情を浮かべる。

「話したくないみたいだから、食べちゃっていいよ」

くまゆるとくまきゅうはゆっくりと、倒れている男たちに近づいていく。

「ま、待て！」

「待たない」

くまゆるは男の上に圧《の》しかかる。そして、ペロリとひと舐《な》めする。

「話す！　話すから、食べないでくれ！」

「4人いるから一人ぐらい食べても、問題ないから大丈夫だよ」

くまきゅうも2人に圧しかかって逃げ出さないようにしている。

幸せなのは初めにわたしに殴り飛ばされて気絶している男だろう。

「頼む」

「しかたないね。それじゃ、わたしの質問に答えてくれるなら止めてあげる」

男はくまゆるに押さえられながら話し始める。

「俺たちに指示を出したのは商業ギルドのギルドマスターだ」

商業ギルドね。でも、商業ギルドに恨まれることはしていないと思うんだけど。

「おまえ、冒険者ギルドに大量のウルフを渡しただろ」

「なんで、わたしだって分かったの？」

一応口止めはしてある。

「少し調べれば嬢ちゃんが冒険者ギルドに寄ったことも、それと同時に冒険者ギルドにウルフが大量に持ち込まれたことも分かる」

そう言われると、隠れて冒険者ギルドに行ったわけじゃないから、ばれるのもしかたないのかな。

なにより、わたしの格好は目立つし。

「それに宿屋の主人に話を聞けば、お前さんから食材を分けてもらったことも知ることができた。他にも、お前さんが雪山で助けた住人に食材を渡していることも知っている」

いろいろとばれているね。

「それで、わたしが持っているウルフを奪うつもりだったと」

「それもあるが、それだけ持ち運べるアイテム袋を手に入れろとも指示があった」

狙いはウルフとアイテム袋ね。

「もういいだろう。話したんだ。見逃してくれ」

「何言っているの？　あなたが頼んだのは『食べないでくれ』でしょう。わたしを襲っておいて逃がすわけないでしょう。今から警備兵を呼ぶの面倒だから、朝までそうしてて。くまゆる、くまきゅう、もし、逃げ出そうとしたら食べていいからね」

くまゆるとくまきゅうに指示を出して、部屋に戻って寝ることにする。

マッチョさん家族が起きてくる様子もないし、連絡は朝早く起きてからすればいいかな。

「待て、朝までこのままなのか」

「あと、わたしの安眠を邪魔するようだったら食べていいからね」

クマたちは男を押さえ込むと、小さく「くぅーん」と鳴く。

「静かにしてたら、餌《えさ》にしないで生きたまま警備兵に引き渡してあげるから」

男たちに言うと、男はわたしの言葉に口を閉じ、静かになる。

わたしは部屋に戻り、睡眠に戻る。


翌朝。

「うわあああああ、なんで、俺の宿にクマがいるんだ！」

廊下が騒がしい。

「クマの嬢ちゃんは大丈夫なのか。クマの嬢ちゃん！」

わたしを呼ぶ声が聞こえてくる。ゆっくりと昨日の夜のことを思い出す。

ああ、そうだ。くまゆるとくまきゅうが廊下にいるんだ。

眠い目を擦《こす》りながら部屋から出る。

「嬢ちゃん、無事だったか！　なぜか、俺の宿にクマがいるんだ」

マッチョが拳を握りしめ構える。もしかして、うちのクマと戦うつもりですか？

無謀もいいところだ。

「そのクマ、わたしの召喚獣だから、大丈夫だよ」

「召喚獣？　おまえさん、そんなことができるのか？　それになんだ、クマの下敷きになっている男たちは？」

　男たちは顔をくまゆるとくまきゅうの涎《よだれ》でびしょびしょに濡《ぬ》らしている。

「夜中にわたしを襲ってきたから捕まえたの」

「襲ってきた？」

「商業ギルドのギルドマスターに頼まれたみたい」

「商業ギルドのギルドマスターだと」

「それで、この男たちを警備兵にでも引き渡したいんだけど」

「それはよしたほうがいいな」

「どうして？」

「町長が逃げ出したいま、警備兵を管理しているのも商業ギルドだ。引き渡すなら、冒険者ギルドがいい」

　マッチョさんの息子さんに冒険者ギルドに連絡をしてもらうことになった。

　その間にくまゆるとくまきゅうを送還して、くまゆるとくまきゅうの下敷きになっていた男たちをマッチョさんに縄で縛ってもらう。しばらくすると息子さんがギルド職員を連れて戻ってくる。

「どうして、アトラさんがいるの？」

アトラさんがギルド職員と一緒にいる。でも、肌を露出した格好ではなく、肩から軽く上着を羽織っている。流石《さすが》にあの格好で外には出ないのか。それ以前に寒そうだし。

「そりゃ、あなたが襲われたと聞いたからに決まっているでしょう。それで、どこのどいつよ。ユナを襲ったバカどもは」

縄で縛られて疲れきっている男どもを指す。

「こいつら？」

男たちに近づく。

「お前は、たしか、ドロイだったわね」

一人の冒険者の名を言う。

「ギルドマスター……」

「落ちるところまで落ちたわね」

「俺は……」

「話は冒険者ギルドで聞くわ」

アトラさんは連れてきた職員に連れていくように指示を出す。

「それで、ユナは怪我はないの？」

「大丈夫。護衛もいるからね」

「護衛？」

「今度、紹介するよ」

くまゆるとくまきゅうのことは今度説明することにする。

「それで、襲われた原因はなんなの？」

「わたしが持っているウルフだったみたい。商業ギルドのギルドマスターに頼まれたみたいなことを言っていたけど」

「ウルフの肉を配給したのが癪《しゃく》に障《さわ》ったみたいね。でもまさか、こんなに早く襲ってくるとは思わなかったけど。とりあえず、捕らえた男たちの詳しい取り調べはこっちでするわ」

それは問題はない。

「そうだ。アトラさん、盗賊討伐に行こうと思うんだけど、詳しいことを教えてもらえない？」

「盗賊討伐？　一人で？」

「うん、クラーケンを倒すことはできないけど、盗賊ぐらいならなんとかなると思うからね。盗賊がいなくなれば、道も通れるようになるでしょう」

「そうだけど。一人じゃ危険よ」

「大丈夫。アトラさんもギルドカード見たでしょう？」

わたしの言葉にアトラさんは少し考え込む。

「先日、町に来た４人の冒険者が盗賊討伐に向かったわ」

アトラさんの話では町に来た冒険者が盗賊討伐に向かったが、数日経っても戻ってこないという。

「止めたんだけど、様子を見てくると言って」

もしかして、この宿に泊まっている冒険者がそうなのかな？

今はいないって言っていたし。

これは急いだほうがいいかな？

わたしは、アトラさんに盗賊についていろいろと話を聞く。

盗賊の人数は20人以上。人相は顔を隠しているため分からない。護衛がついている場合は襲ってこない。護衛なしだと襲われる。強さは戦った者がいないため情報はなし。盗賊は山から見張っている。アジトは山のどこかとしか分からない。まあ、近くまで行けば探知スキルに人の反応が出るから分かるはずだ。

「捕まっている人はいるの？」

「たぶん、女性が捕まっているわね。死体は男だけが残されていたから」

その言葉で遠慮なく叩き潰《つぶ》すことができるね。お金だけなら半殺しで許してあげたけど、男は殺し、女は連れ去る。十分にわたしの怒りのリストに入る。

「それじゃ、さっそく今から行ってくるね」

「無理はしないでね」

アトラさんは心配そうに気遣ってくれる。そして、宿屋から出ていこうとするとき、後ろを振り返る。

「その白クマ姿も可愛いわよ」

デーガさんの叫び声で起きてそのままでいたのを忘れていた。どうしてか、白クマの姿を見られると恥ずかしさがある。白クマの服はいつも着ている黒クマの色違いなだけなのに。やっぱり、白クマはパジャマ感覚で着ているせいかな。

わたしは出発する前に一日の活力源の朝食をデーガさんにお願いした。

89　クマさん、盗賊退治に向かう

わたしを襲った男たちのことはアトラさんに任せてわたしは盗賊退治の準備をする。

準備といっても腹ごしらえをするだけだ。

「嬢ちゃん、本当に盗賊討伐に行くのか？」

わたしとアトラさんの話を聞いていたデーガさんが心配そうに聞いてくる。

「その前にデーガさんの美味《おい》しい朝食を食べてから行くよ」

「そう言ってくれるのは嬉しいが、嬢ちゃんみたいな女の子じゃ危険じゃ」

「大丈夫だよ。一応冒険者だし、クマも見たでしょう。あの子たちもいるし、ぱぱっと倒してくるよ」

「そうか、なら帰ってきたら俺が今できる、最高の料理を作ってやるよ」

腕を曲げて筋肉を強調させる。料理に筋肉は関係ないと思うけど、その気持ちは嬉しい。

「それじゃ、急いで倒してこないといけないね」

町の外に出ると、くまゆるを呼び出す。

いざ、盗賊討伐に出発！

盗賊が現れるといわれる場所に向かう。海岸沿いの道を馬が走る程度の速さで進んでいく。潮風が気持ちいい。もう少し暖かくなれば泳ぐこともできるのかな？

フィナは海を見たことがないだろうし、暖かくなったらみんなで来るのもいいかも。でも、わたしは小学校の授業以来泳いでいないんだよね。あのときは少しは泳げたけど、今でも泳げるかな？　まあ遠泳はできないのは間違いない。

まあ、砂浜で遊ぶのも楽しいだろうし、海での遊び方はいろいろとある。未来のことは未来に考えることにして、今は盗賊退治に向かう。

盗賊がいつ現れるか分からないので探知スキルは発動させておく。マップが作成されていないので進む先は黒い地図があるだけだ。道なりに進んでいくと地図の先に４つの人の反応が出る。

盗賊？

待ち伏せ？

でも、聞いていた人数より少ないよね。一般人を襲うなら、それぐらいでいいのかな？どうせなら、全員で襲ってきてもらえると一番楽なんだけど。でも、捕まっている人もいるだろうし、アジトには行かないといけないから、どっちでも同じかな？

速度を落として、ゆっくりと進む。遠くに人影を捉えた。隠れていないから、盗賊じゃないのかな？　でも、この道に人がいるのは怪しい。一般人のふりをして襲ってくる可能性もあるから、威嚇《いかく》も込めてくまゆるに乗ったまま、進むことにする。

クマの上にクマの着ぐるみを着た女の子って傍《はた》から見たらどうなんだろう。自分のことだけど、怖いのか、怖くないのか、どっちつかずの状態だ。考えてもしかたないので、このまま進むことにする。相手との距離が縮まる。

ん？

もしかして、アトラさんが言っていた冒険者かな？

前から冒険者の格好をした4人がこちらに向かって歩いてくる。男一人に女性が3人、男から見たら羨《うらや》ましいパーティーだろう。これが世間で言われているハーレムパーティーかな。

冒険者たちはくまゆるに乗ったわたしに気づくと剣と杖を構える。

もしかして、戦闘になる？　心構えだけはしておく。

盗賊討伐に行くからといって、すべての冒険者がいい人とは限らない。盗賊の持っているものを手に入れるために行動をしているだけかもしれない。

「ちょっと、待て」

先頭に立つ男が道を塞《ふさ》ぎ、声をかけてくる。いきなり攻撃はしてこなかったが、不審者を見るような目でわたしを見る。

「なに？」

立ち止まって、くまゆるの上から尋ねる。

「おまえの格好はなんだ？　それに、そのクマは？」

「わたしは冒険者で、このクマはわたしのクマだけど」

くまゆるの頭を撫《な》でる。

「嬢ちゃんが冒険者？」

まあ、信じてくれないよね。

「そのクマは本当にあなたのクマなの？」

後ろにいた魔法使いっぽい女性が尋ねてくる。

「そうだけど」

「ギルドカードを確認させてもらってもいいかしら？」

「自分たちは見せないで、わたしにだけ見せろっていうの？」

「ごめんなさい。わたしはローザ。ランクCの冒険者よ」

ローザと名乗る女性はカードを見せてくれる。

「わたしはユナ、冒険者ランクはDだよ」

わたしもギルドカードをローザと名乗った女性に見せる。

「本当に冒険者だわ。疑ってごめんなさい」

わたしのギルドカードを確認した女性は他のメンバーに武器を下ろすように言う。

「そのクマは大丈夫なのか？」

「そっちが襲ってこなければね。敵意を向ければ襲うよ」

「分かった」

男は剣を鞘《さや》にしまう。それを見た他のメンバーも武器を下ろす。

「それで、嬢ちゃんはどこに行くんだ。この辺りは盗賊が出るから危険だぞ」

「知っているよ。その盗賊を討伐に行くところだから」

「えっと、ユナちゃんだったわね。本気なの？　あなたみたいな女の子が一人で倒せるような相手じゃないわよ」

「それに俺たちも数日間、盗賊を捜している。でも、見つけられていない」

まあ、盗賊のアジトなら、簡単には見つからないだろうし、冒険者が歩いていれば出てくることもないだろう。でも、わたしには探知スキルがある。いそうなところをくまゆるとくまきゅうで適当に走れば、探知スキルに引っかかるはずだ。

「それは大丈夫。この子が見つけてくれるから」

くまゆるの頭を撫でる。すると、「任せて」という感じでわたしのほうに首を回すと、小さく「くぅ〜ん」と鳴く。

「可愛《かわい》らしいクマね」

「たとえ、そのクマが見つけだすことができても、盗賊を討伐することは一人じゃできないだろう」

「大丈夫だよ」

盗賊がクラーケンを操っている、とかでなければ大丈夫だ。

「子供が一人で倒せるわけがないだろう。危険だ」

男の冒険者が叫ぶ。

「なら、わたしたちがついていくってことでいいんじゃない？」

「ローザ⁉」

「だって、目的は一緒でしょう。このクマがいれば盗賊の居場所が分かる。でも、このクマの格好をした女の子を一人で盗賊のアジトに向かわせるわけにはいかないわ。それなら、わたしたちが一緒についていけばいいでしょう？」

「そうだが」

ローザさんの意見に男性は考え始める。

「わたしも賛成」

「わたしも問題はない」

黙って話を聞いていた、2人の女性もローザさんの意見に賛成する。

「おまえたちまで」

「だって、そのクマさんがいれば見つけられる。でも、わたしたちには見つけられない。なら、そのクマさんに頼るべきだと思うよ」

「早く、盗賊を倒したほうがいい」

「でも、こんな小さな女の子を連れていくんだぞ」

どうやら、バカにしていたのではなく、わたしのことを心配してくれていたみたいだ。

「わたしたちが守ればいい」

女性剣士は答える。

「……分かった。おまえたちがそれでいいなら、俺もそれでいい」

わたしの了承も得ずに勝手に話が進んでいくけど、わたしは了承はしてないんだけど。

今さらダメとは言えなくなっている。

結局断ることができず、一緒に行動することになったので、改めて自己紹介をする。

男がブリッツ、25歳ぐらい？　一応リーダーらしいが、基本ローザさんという魔法使いの女性が仕切っているっぽい。尻に敷かれているみたいだ。

そして、もう一人の魔法使い。年齢は18歳前後ぐらいの女の子。名前はラン。

最後の一人はブリッツと同じぐらいの背の長身の女性剣士。色黒の肌に少し大きめの剣を持っている。名前はグリモス。

「聞いてもいいかな？」

「なに？」

「ユナちゃんのその格好はなに？」

やっぱり、聞いてくるよね。ローザさんはわたしの格好を不思議なものでも見るように見る。

「クマの加護を受けているんだよ」

「クマの加護？」

毎回、聞かれることなので、新しい設定を考えてみた。別に嘘《うそ》をついているわけじゃない。実際に呪《のろ》いといってもいいほどに、クマの加護を受けている。魔法はもちろん、召喚獣のくまゆるとくまきゅう。クマボックスにクマ防具。神様からもらったクマがないとなにもできない。

「そんな加護があるの？」

「この子がわたしの指示に従っているのが証拠でしょう」

くまゆるの頭を優しく撫でると、くまゆるは「くぅ〜ん」と鳴く。

ローザさんたちは納得したのか、していないのか微妙な顔をしている。わたしだってクマの加護って初めて聞く言葉だよ。漫画、アニメ、小説、ゲーム、映画、いろんなファンタジーものを見てきたけど一度もないよ。

「それにしてもおとなしい子ね。名前は何て言うの？」

「くまゆる」

「可愛らしい名前ね。触ってもいい？」

「いいけど、やさしく触ってね」

わたしが許可を出すとローザさんは歩きながらくまゆるの体を優しく撫でる。

「柔らかいわ」

「わたしもいい？」

もう一人の魔法使いのランが聞いてくるので了承する。

「本当に柔らかい。なに？　この毛並み。高級毛皮を触っているみたい。気持ちいい」

ランは器用に歩きながら頬擦《ほおず》りする。

「本当に危なくないのか？」

ブリッツが心配そうに2人を見ている。

「さっきも言ったけど、この子やわたしに危害を加えなければなにもしないよ」

ブリッツの心配をよそに、魔法使いの2人はくまゆるの毛並みを堪能し続けた。しばらく一緒に盗賊が現れそうところを歩いていると、探知スキルに人の反応が出る。位置は山の中腹辺りだ。

反応は2つ。盗賊にしては少ない？

位置的に見張り？

でも、一般人の可能性もあるし、どうしたらいいかな？

「どうしたの？」

わたしが悩んでいるとローザさんが声をかけてくる。

「この子が山の中腹辺りに人を見つけたんだけど、どうしようかなと思って」

「盗賊!?」

「そこまでは分からない。盗賊かもしれないし、一般人かもしれない。さすがにそこまでの判断はこの子にはできないからね」

探知スキルでどんな人物かまでは分からない。

「まあ、こんなところにいるなら、盗賊と思って間違いはないだろうな」

それにはわたしも同感だ。

「どの辺りにいるの？」

「顔は向けないでね。右の山の岩肌が見える場所の近くだよ」

皆、山に視線だけを向ける。

「わたしには分からないわ」

「わたしも分からない」

「それでどうする？」

とりあえず、気づいていない振りをしながら進んでいく。反応は動かない。

少しずつ距離を縮める。森の中に入れば姿は見られないかな。このままなにもしないわけにもいかない。でも、下手をすれば逃げられる可能性もある。いや、ないか。山の中でくまゆるから逃げられるわけがない。それにこっちは探知スキルで追いかけることはできる。

ただ、面倒なだけだ。

「あの木の下を通ったら、わたしが確認してくるよ。盗賊なら捕まえてくるから。だから、みんなはそのまま歩いてもらえる？」

「ちょっと……」

わたしがいきなり指示を出すと、ローザさんたちは驚く。

「まさか、一人で行くつもり？」

「もし見張りだったら、全員で行ったら気付かれるでしょう」

「クマが消えたら、おかしいと思うけど」

わたしだけだったら、怪しまれても自分たちのところに向かっているとは思われないはずだ。

「全員が一斉に山を駆け上がるよりはいいでしょう」

「そうだけど」

「それに、わたしだけなら、くまゆるがいるから一気に駆け上がることができるから」

ローザさんたちがくまゆるを見る。

「分かった。任せていいんだな。しばらく歩いたら俺たちも向かう。これだけは譲れないぞ」

「それでいいよ」

目標にしている木が近づく。

木の下を通った瞬間、わたしはくまゆるを反応がある場所に向けて走らせる。くまゆるは、木々の間を駆け抜けていく。上り坂も関係ない。くまゆるは最短距離で反応がある場所に向かう。そして、くまゆるは目的の場所までわたしを運んでくれた。

「なんだ！」

隠れていた人物が叫ぶ。格好は一般人には見えない。2人の男はとっさに剣を抜こうとするが遅い。くまゆるが2人に襲いかかり、剣を弾き、男たちの体を押さえつける。

「盗賊の仲間で合っているよね？」

間違いないと思うけど、確認する。

「なんのことだ」

こんな状況なのに、よく嘘を言えるものだ。

「とぼけるの？　まあ、話を聞くなら一人でいいかな。くまゆる、美味しそうなほうを食べていいよ」

くまゆるが大きく口を開く。

「ちょ、ちょっと待て、お、俺は美味しくないぞ」

「俺だって」

「それなら、先に味見して、美味しかったほうを全部食べることにしようか？　くまゆる、2人の腕を食べていいよ」

くまゆるも脅しだと分かっているため演技をしてくれる。

口を大きく開き、男たちの顔の上に涎《よだれ》を垂らす。

「ちょっと待て」

「頼む。話すから、やめてくれ」

男たちは観念する。

「それじゃ、もう一度、尋ねるわね。あと、嘘を言ったら、食べさせるからね。あなたたちはここを通る人を襲っている盗賊で合っているよね」

「……ああ、そうだ」

男は諦《あきら》めたように答える。

「それじゃ、アジトを教えてくれるかな？　方角だけでもいいよ」

「話せば見逃してくれるのか？」

「まさか、話せばクマに食われないだけよ。話して捕まるか、話さずに食われるか。好きなほうを選んでいいよ。ああ、この子お腹《なか》を空《す》かしているから、早めにお願いね」

くまゆるは再度、涎を男たちの顔に垂らす。う〜ん、演技がうまいな。でも、とてもじゃないけど、こんな顔をしているくまゆるはフィナたちには見せられないね。

「わ、分かった。話すから食わないでくれ」

男は叫ぶ。

90　クマさん、盗賊を退治する

くまゆるの演技のおかげで見張りをしていた2人からアジトの場所を聞きだすことができた。

2人をどうしようかと思っていると、山を登ってくるブリッツたちの姿が見える。かなりの勾配《こうばい》になっているためか、登ってくるのに苦労している。特に大きな剣を持っているグリモスが苦労している姿がある。4人はやっとの様子でわたしのところまでやってくる。

「ユナちゃん、大丈夫？」

「大丈夫だよ」

「それでどうだった⁉」

「やっぱり、盗賊の仲間だったよ」

わたしがくまゆるに乗っかられている男たちを見ると、ローザさんたちも男たちを見る。

「アジトの場所も聞きだしたから、これから向かうつもりだけど。この2人はどうする？」

「連れていくわけにはいかないし、このまま置いていくわけにもいかないわね」

「それなら、穴を掘って埋めておく？」

後で掘り起こせばいいし。

「やめてくれ！」

「ちゃんと教えただろう！」

くまゆるの下から叫ぶ男たち。

「大丈夫だよ。ちゃんと頭は出しておいてあげるから」

土から首を出す感じにすれば、息はできる。ただ、忘れられたら、一生そのままだけど。

わたしの言葉に男たちは青ざめる。

「わたしが残る」

穴を掘ろうとしたら、グリモスが口を開く。

「山の中では、動きが遅いわたしは足手まといだ。こいつらを連れて、下で待っている」

グリモスはアイテム袋からロープを取り出すと盗賊を縛り上げていく。

「そうだな。嘘《うそ》をついていたら、もう一度、聞かないといけないからな」

「それじゃ、グリモスお願いね。もし、わたしたちが戻ってこなかったら、ギルドへの連絡をお願い」

ローザさんの指示に素直に頷《うなず》くグリモス。あれ、リーダーって誰だっけ？　これじゃ、誰がリーダーか分からないよ。

捕まえた2人はグリモスに任せて、わたしたちは盗賊のアジトに向かうことにする。

男たちがいつも使っているのか、獣道のように道は続いている。ある程度の方角が分かれば、探知スキルやくまゆるが教えてくれる。

「それにしても、本当に人がいたのには驚いたわね」

「この子のおかげだけどね」

探知スキルのことは言えないので、すべてくまゆるの貢献とする。まあ、実際に分かるから嘘ではない。

「わたしも欲しい……」

ランが羨《うらや》ましそうにくまゆるに抱きつく。

あげないよ。

しばらく歩くと探知スキルに数十人の反応が出る。意外と近かった。あとはここに向かうだけだ。

「迷いなく進んでいるけど、大丈夫なのか？」

ブリッツは先頭を歩くわたしに心配そうに尋ねてくる。

「大丈夫だよ。この子もいるし、近くになれば分かるよ」

もう、特定済みだけど。

「捕まえた盗賊が嘘をついている可能性もある。もし、嘘をついていたら、そのクマでも分からないじゃないか？」

もう、面倒だな。くまゆるお願い。心の中でくまゆるにお願いをする。すると、くまゆるがわたしの心が届いたのか、反応する。

「くぅ～ん」

「どうやら、見つけてくれたみたいだよ」

「本当？」

「もうすぐみたいだよ。休憩は必要？」

わたしはくまゆるに乗っているだけだから疲れない。

「大丈夫だ」

「わたしも平気よ」

「わたしも頑張れる」

3人の言葉を聞いて、このまま先に進むことにする。くまゆるが草木を倒し、その道を3人がついてくる。反応が近づいてくる。

「そろそろ近いから、静かにしてね」

盗賊のアジトの近くまで来ているため、一応注意をしておく。後ろにいる3人は無言で頷く。

草木をどけると、開けた場所があり、洞窟《どうくつ》も見える。洞窟の前では10人ほどの男たちが女性を侍《はべ》らせながら昼間から酒盛りをしている姿がある。2人から教えてもらったとおりだ。

まわりにいるのは捕まっている女性たちだろう。探知スキルで見ると反応は洞窟の中にもある。盗賊なのか、捕まっている人なのか判断がつかないのが探知スキルのネックだね。

「こんなところにあったのね」

「くそ、捕まっている女たちもいるぞ」

「どうする？」

「わたしが、全部相手にしてもいいけど」

面倒だからそう言ってみる。

「ユナちゃん、今は冗談を言っているときじゃないよ」

わたしの提案は即座に冗談だと思われる。

「人質が厄介だな」

「下手に戦っても、人質が殺される可能性もあるわね」

「奇襲をかけて、倒すしかないと思う」

3人はいろいろと意見を出し合っている。一番の問題は捕まっている女性たち。次の問題は洞窟にいるのが何人なのか。見張りを捕まえてしまったからには時間をかけるわけにはいかないとか、いろいろと話し合っている。

洞窟の中には6人ほどの反応がある。それが盗賊なのか捕まっている人なのかは分からない。

「グリモスを呼んでくるか？」

「今からじゃ、時間がかかるわ」

「それじゃ、どうする？」

3人は答えを出せずにいる。

これって、いくら悩んでも答えは出ないよね。

「無理なら、本当にわたし一人で行くよ」

早く帰りたいし。わたしはくまゆるを歩かせる。

「待って、ユナちゃん。もう少し話し合ってから」

時間の無駄なので、わたしはくまゆると一緒に飛び出す。今さらだけど、こんな性格だから、ゲームでもパーティープレイが苦手だったのかな？

「なんだ！」

「クマ！」

「クマだ！」

男たちが叫ぶ。

わたしはくまゆるから飛び降りる。

着地と同時に、女性が近くにいない盗賊には落とし穴を作り、穴に落とす。これで4人消える。

いきなり穴に落とされたんだから、受身ができずに、傷を負ったはずだ。殺さなかっただけでもありがたく思ってほしい。

「くまゆる！　逃げる者がいたらお願い！」

本当は捕まっていた女性の護衛をしてほしいところだけど、クマが近づけば騒がれるのは目に見えている。

「貴様、なんだ」

ふらつきながら立ち上がる男たち。行動が遅い。昼間からお酒なんか飲んでるからだ。酔っ払いが立ち上がるために女性の体から離れた瞬間、空気弾を男に撃ち込み、女性から距離を取らせ、穴に落とす。

「ユナちゃん。後ろ！」

わたしが後ろを振り向くと炎の玉が飛んでくるところだった。左手の白クマを炎の玉に翳《かざ》すと、炎が消え去る。杖を構えている男が3人いる。再度魔法を撃ち込んでくるが、横に躱《かわ》し空気弾を脳天に撃ち込む。命中補正があるから避けようとしなければ百発百中。まして、空気弾は目に見えないから避けにくいみたいだ。

「くまゆる、お願い」

魔法を使う人物だと穴に落としても出てくる可能性があるので、くまゆるに頼む。

これで、残りは3人。

「貴様はなんなんだ」

3人が1か所に集まり、女性の一人を人質にしてわたしに声をかける。

この手の場面をよく漫画とかで見るけど、実力差があれば迷わずに、攻撃をしたほうがいいと思う。会話をして相手に合わせれば、他の盗賊も集まるし、倒した者も復活するかもしれない。それに洞窟の中も気になる。

わたしは男の問いには答えず、わたしに剣を向けている2人に空気弾を撃ち込んで弾き飛ばす。これであと一人。

「なっ」

女性に剣を向けている男が驚きの表情をする。わたしは身体強化の魔法で、男との間合いを一瞬でつめて、男の剣を白クマパペットで掴《つか》む。そのまま殴り飛ばしてもよかったけど、反動で剣が女性に当たったら危ない。

「離せ！」

男は力を込めるが剣はビクともしない。

「化け物」

その言葉は無視して黒クマパペットで殴り飛ばす。

「大丈夫？」

捕まっていた女性に声をかけると、震えながら頷く。わたしに対して震えているんじゃないよね。捕まって、怖かっただけだよね。

まあ、とりあえず、終わったかな。立っている者はわたししかいなかった。女性は皆、無事のようだ。ブリッツたちが女性たちに駆け寄って落ち着かせている。

「ユナちゃん。怪我はない⁉」

ローザさんが駆け寄ってくる。

「大丈夫だよ」

「ほんと？　魔法を食らってたみたいだけど？」

あれは白クマパペットで防いだから無傷だ。

「あれぐらい、大丈夫だよ。それよりも盗賊と女性たちをお願い」

ローザさんに頼むと洞窟から数人の男たちが現れた。

その中心に立つ男が異様な雰囲気を漂わせている。大剣を持ち、頬《ほお》に大きな傷がある。

「これはなんだ」

まわりの現状を見て頬に傷がある男が吼《ほ》える。

「これはおまえたちがやったのか！」

男はわたしではなく、ブリッツたちのほうを見る。まあ、普通は着ぐるみのクマがやったとは思わないよね。

「……おまえ、ブリッツか？　それにローザも」

男がブリッツとローザさんを見る。もしかして、知り合い？

「おまえはオモス……、なんで貴様がここにいる！」

「ここで仕事をしているからに決まっているだろう」

「仕事だと」

「ああ、この先の道を通る人を襲って、金を奪い、女をいただく、簡単なお仕事」

わたしは近くにいるローザさんに尋ねる。

「誰？」

「前の町で顔見知りになった冒険者よ。実力はあるけど、横暴で、自分勝手、パーティーにいる女性は自分のものだと思っている男。だから、誰も彼とはパーティーを組まなくなって、町から消えたんだけど。こんなところで盗賊になっているとは思わなかったわ」

「おいおい、俺は盗賊じゃないぞ。冒険者としての仕事だよ。商業ギルドのギルドマスターからの正式な依頼だよ」

「商業ギルド？」

なんか、とんでもない言葉が出てきたんだけど。

「そんなこと、俺たちに話してもいいのか？」

ブリッツが男の前に立つ。

「別にいいに決まっているだろう。貴様は死ぬし、貴様の女は俺の女になるんだから」

大きな声で笑いだす。

「貴様！」

「前に見たときから抱きたいと思っていたんだよ」

男が汚い笑みをローザさんに向ける。ブリッツが剣を抜こうとした瞬間。オモスと名乗った傷の男が吹っ飛んだ。

もちろん、わたしが殴りました。

だって、殴りやすそうな顔をしているし、無防備にブリッツとおしゃべりをしているし、なによりもムカついたから。理由はそれだけで十分。

わたしは追い討ちをかけるように、倒れている男にマウントを取り、殴り続ける。

もちろん、簡単に気絶はしないように手加減はしますよ。

「貴様！」

くまぱんち、クマパンチ、熊パンチ、ベアーパンチ。

「ど、どきやがれ！」

手を伸ばしてくるが、くまぱんち、クマパンチ、熊パンチ、ベアーパンチ。

「や、やめろ……」

やめるわけがない。

くまぱんち、クマパンチ、熊パンチ、ベアーパンチ。

顔が変形していく。わたしに手を伸ばそうとするが、弾き飛ばし、殴り続ける。男の手は力尽きるように地面に落ちる。

「ああ、すっきりした」

わたしは男から離れる。

周りを見ると、ブリッツ、洞窟から出てきた盗賊、捕まっていた女性もみんながわたしを見ている。

「どうしたの？」

「どうしたのって」

「もしかして、殴りたかった？　顔はもうダメだけど、他の場所なら無傷だから、好きなところを殴るといいよ。でも、殺さないでね。なんか、面白いことを言っていたから、わたしは手加減したんだけど」

「手加減って……」

ローザさんは呆《あき》れたように顔が腫《は》れあがっている男を見る。傷が増えたかな？　まあ、元が大きかったし、少しぐらい平気だよね。

それにしても、気になることを言っていた。商業ギルドのギルドマスターに頼まれたとか。

宿で襲ってきた冒険者も商業ギルドのギルドマスターに頼まれたって言っていたし、クラーケンも商業ギルドのギルドマスターのせいだったりするのかな。

「それで、そこに立っている盗賊のみなさんは、おとなしく捕まる？　それとも、こいつみたいになる？」

その言葉に盗賊たちはオモスの顔を見ると、首を横に振り、武器を捨てる。

「中にまだ、仲間はいる？」

「いない。捕まえてある女がいるだけだ」

男は素直に答える。

それから、洞窟の中に捕まっている女性を助け出し、奪い取った財産も回収する。馬も馬車も麓《ふもと》にあるそうなので、ありがたく活用させてもらう。盗賊たちを全員縛り上げ、馬車に放り込み、町に帰ることにする。

「わたしたち、何もしなかったね」

「ああ、しかも、オモスがあんなに簡単にやられるなんて」

オモスは意識はあるが動けない状態である。一度、目覚めたオモスは騒ぎ始め、うるさかったので、紐《ひも》なしバンジーをさせてみた。風魔法でオモスを上空に吹き飛ばし、地面に叩《たた》き落とすことを、数十回行ったのだ。もちろん、地面に空気のクッションを作って死なないようにしてある。気絶しても、水をかけて、起こす。これを何度もやったら、

「頼むから、やめてくれ。やるなら殺してくれ」

楽になりたいから殺してくれなんて、逃げ道は許さない。それに聞くこともたくさんある。最終的には罪を償《つぐな》うと言ったが、それを決めるのはわたしじゃない。家族を殺された女性たちであり、町の住人たちだ。馬車は進み、途中でグリモスと合流する。

町に戻ると門を警備している男が駆け寄ってくる。

「これは……」

攫《さら》われた女性たちや盗賊たちが縛り上げられているのを見て驚きの表情を浮かべる。

「盗賊を全員捕まえてきた。冒険者ギルドのギルドマスターに報告がしたい」

ブリッツがわたしたちの代表として話す。一応リーダーなのかな？

「すぐに、報告をしてきます！」

警備の人は冒険者ギルドに駆けだしていく。その間にわたしたちは捕まっていた女性を

馬車から降ろす。女性たちはお互いに泣きながら抱き合っている。盗賊に捕まっている間、なにをされたか想像ができるが、わたしはかける言葉は持っていない。それに、それだけじゃないだろう。一緒に町を出た人物もいたはずだ。夫であり、親、もしかすると子供もいたかもしれない。だから、その痛みが分からないわたしには言葉が出てこない。でも、捕まっていた女性は何度もわたしにお礼を言う。

改めてここは日本でなく、ゲームの世界でもなく、異世界だと久しぶりに再認識できた。

しばらくすると、アトラさんとギルド職員がやってくるのが見えた。

「ユナ！　本当に討伐してくれたの⁉」

「ローザさんたちが力を貸してくれたからね」

「わたしたち何もしていないんだけど」

とローザさんは言うけど。盗賊を縛り上げたり、捕まっていた女性のケアをしたり、馬車を操縦してくれた。わたしには女性のケアもできないし、馬車の操縦もできないから、助かったのは事実だ。

「それで、捕まえた盗賊とはこいつらなの？」

アトラさんが馬車の上に乗っている盗賊を見る。

「あなたたちは……」

「知り合い？」

「ええ、数人はこの町の冒険者よ。てっきり、クラーケンに恐れをなして逃げたものだと思っていたのに。まさか、盗賊になっていたなんてね」

元冒険者は、アトラさんとは目を合わさず、下を向いている。

「それで、捕まえた盗賊から面白い話を聞いたんだけど」

「面白い話？」

商業ギルドのギルドマスターの話をする。

「それは面白い話ね。わたしのほうもいろいろ分かってきたところよ」

アトラさんは怒りの笑みを浮かべている。

91　クマさんの知らないうちに事件は起きていた。その2

どういうことだ。

宿屋にいる女のガキを襲わせた冒険者から報告がないという。女を連れてくるか、アイテム袋を確保しろと指示を出した。本当にウルフを大量に持っているようなら、さらにこの町で儲《もう》けることができる。そうすればこんな町から出ていってやる。

楽しみにして朝を迎えるが報告がない。

もしかして、前金を払ったのに、襲わなかったのか？

部下に宿屋を調べに行かせた。襲ったのなら、なにかしら分かるはずだ。

「ギルドマスター！」

「どうした」

「昨日、宿屋のクマの少女を襲いに行った者たちが捕まりました」

「捕まっただと」

「縛られている男たちが冒険者ギルドに連れていかれたのを数人が見ています」

「冒険者ギルドだと」

それはまずい。警備している者に引き渡してくれれば、どうにかなったのに。よりによって冒険者ギルドだと。

でも、なんで捕まったんだ。宿屋には先日来たCランクの冒険者はいないはず。あの宿屋の筋肉オヤジに捕まったのか？　それしか考えられないが、４人もいたんだぞ。一般人に捕まるとか、どんだけ、弱いんだ。

怒りしかわいてこない。

だがマズイことになったのは事実だ。捕まった者たちが俺の名を出せば、間違いなく俺の命令だと分かる。

「どうしましょうか？」

「ほっとけ」

「よろしいのですか？」

「あいつらから、俺の名前が出ても証拠はない。濡《ぬ》れ衣《ぎぬ》だと言えばいい」

もう、ウルフを持っている女は襲えない。これは見切りをつけて、この町から出ていったほうがいいかもしれないな。

コンコン。

ドアがノックされる。

「なんだ」

職員が入ってくる。

「冒険者ギルドのギルドマスターが来てます」

やっぱり来たか。部下を部屋から追い出し、職員に言う。

「部屋に通せ」

胸を強調した服を着た女が部屋に入ってくる。冒険者ギルドのギルドマスターのアトラだ。

「久しぶりね、ザラッド」

「お互いに顔は見たくないだろう。用件を早く言え」

「昨日の夜、宿屋で女の子が襲われたんだけど、何か知らないかしら」

昨日の夜？

捕まったのは今朝と聞いたが。

「知らんな」

とりあえず、知らないふりをする。

「襲ったのは、この商業ギルドに出入りしている冒険者なんだけど」

「だからといって、俺がすべての冒険者の行動を知っているわけじゃないぞ」

「でも、捕まえた冒険者が、あなたの指示を受けたと言っているのよ」

「知らんな。どうして、知りもしない女を俺が襲わせないといけないんだ」

ちっ、やっぱり俺の名前を出していたか。

「女の子が持っていたウルフを奪い取るためでしょう」

「もしかして、冒険者ギルドで大量のウルフを配給したのは、その女が関係しているのか」

知っていたが、いかにも、今知ったように言ってやる。

「ええ、とっても可愛《かわい》らしい女の子よ。そんな彼女が襲われて、わたし、かなり怒っているんだけど」

「なら、その捕らえた冒険者を死刑にでもしたらどうだ」

そうなれば死人に口なしだ。言い逃《のが》れることは簡単にできる。

「あくまでも、自分は関係ないと言うのね」

「もちろんだ。俺もいつ襲われるか分からないから、そんな冒険者はすぐに処罰することを勧めるよ」

「分かった。また来るわ」

来ないでいい、と心の中で呟《つぶや》く。アトラは帰ったが、このまま終わるとは思えない。あのギルドマスターは何を考えているのか分からない。そろそろ潮時かもしれないな。町を出ていくなら早いほうがいい。あと、1か月と考えていたがしかたない。これも、バカな部下とウルフを提供したクマの女のせいだ。

俺が盗賊と繋《つな》がっていることを知っている3人の部下を呼び集める。俺が裏でなにをやっているか知る者の数は少ない。少ないほうが情報は漏れないし、始末するのも楽だからだ。少々予定が早まったが、この町から出ていくことを3人に伝える。3人には今夜にでも町を出て、オモスと合流するよう言おう。

3人が町を出る同時刻に商業ギルドで得たお金を俺が盗み、3人がやったように見せかける。

そして、オモスと合流した3人は盗賊に殺される手はずになっている。死体が道に転がっていればお金は盗賊に奪い取られたと思われるはず。そうなれば、商業ギルドで得た金はすべて俺のものになる。

「俺は一度家に戻る。すぐに戻るから、お前たちも準備ができ次第出発しろ」

俺は家に戻り、金目のものをアイテム袋にしまっていく。なかには、町から逃げ出す住人から奪ったものもある。町のものは俺のものだから、なにも問題はない。

オモスは金と女しか興味がなく、それだけを渡しておけば扱いやすいバカだった。

まあ、あいつは金以外の貴重品を売り捌《さば》くルートは持っていないだろうし。宝石の価値をあいつに言っても無駄だからな。家の中にある金目のものと食料をアイテム袋にしまい込む。あとは、商業ギルドの金を奪うだけだ。

商業ギルドに戻ってくると、なにやら騒がしい。俺がいない間になにがあった？

職員たちの顔を見ると笑顔が見える。

こいつらは俺に騙されているとは知らずに、仕事をしているバカたちだ。

「なにがあったんだ？」

近くにいる、嬉しそうにしている職員に尋ねる。

「街道にいた盗賊が討伐されたそうです」

なんだと、あの力しか能がないオモスがやられたのか？

「これで、道が通れるようになります。そうすれば食料も入ってきます。もう、こんな生活から抜け出せますね」

職員は嬉しそうに話す。

ふざけるな！

盗賊が討伐されただと。それが本当なら、部下の３人の始末ができない。それよりも問題はオモスたちがどうなったかだ。

「盗賊はみんな死んだのか？」

死んでいれば、何も問題はない。死人に口なしだ。

「盗賊は全員捕まったみたいです。しかも、ほとんどの盗賊がこの町の冒険者だったらしくて。現在、冒険者ギルドのギルドマスターが詰問しているそうです」

生きているだと！

それはまずい。全員が俺の指図だと言えば、流石《さすが》に言い逃れも難しくなってくるぞ。

なにか、いい方法はないのか？

「しかも、倒したのがクマの格好をした女の子で、そのうえ、見てきた子が言うには可愛い女の子だって言ってましたよ」

また、クマか。いったいなんなんだ。ウルフの肉を大量に持ち、それが入るアイテム袋を持ち、襲ってきた冒険者を捕まえ、盗賊まで倒すってどんなクマだ。

「ギルドマスター。これで、ギルドマスターの考えが実行できますね。肩身の狭い思いをしてきましたが、これでどうにかなりますね」

この1か月、俺はギルド職員を命令に従わせるために嘘《うそ》の指示を出した。

まず、食材を高く売るのは今後盗賊がいなくなったときに大量の食材を仕入れるためだと。またはクラーケンを討伐する依頼料にするためだと。それでバカな職員は信じた。

職員は俺の指示に従い、食料を金持ちを中心に売って、お金を稼いできた。でも、それだけだと残りの職員からも住人からも反発は起こる。貧乏人には食材が回らなくなる。

貧乏人がいくら死んでも俺は痛くも痒《かゆ》くもないが、うるさいので、金にもならない貧乏人には量を減らさせた。

「ギルドマスター？」

「なんでもない。とりあえず、冒険者ギルドの報告待ちだ。もしかすると残っている盗賊もいるかもしれない」

オモスがやられるとは思えない。

「そうですね。もし道を通って、盗賊が出てきたら困りますからね」

職員は納得して、引き下がる。

俺は商業ギルドにある自分の部屋に向かう。いい考えが浮かばない。最低でもオモスが捕まってなく、約束の場所にオモスがいないといけない。もしくは、部下の3人は俺が殺すか。

行動するにしても情報が少なすぎる。だが、時間が経《た》てば、俺の逃げ場がなくなる。考えているだけで時間が進んでいく。金は諦《あきら》めて、町から出ていったほうがいいか。いろいろと考えごとをしているとドアがノックされる。

「なんだ」

「冒険者ギルドのギルドマスターが来ました」

もう、来やがったか。

「それじゃ、ここに案内しろ」

「それが、外に来てほしいとのことです」

「どうしてだ?」

「それが……」

「分かった。俺が行けばいいんだな」

外に出ると、俺が雇った盗賊が、雁首《がんくび》を揃《そろ》えて並んでいた。全員が縛られ、口も塞《ふさ》がれている。これを見せるために、俺を外に呼んだのか。

盗賊の顔ぶれをみるとそこにはオモスが……オモス?

体格、全てがオモスを示しているが、顔が酷《ひど》いことになっている。しかも、あの自己中のわがままな男がおとなしく地面に座っている。

俺が知っているオモスなら、暴れているはずだ。こんなことをするなら、死を選ぶような男だ。信じられない光景だ。

そんな中、アトラが先頭に立つ。

うん？　アトラの後ろに、小さな黒いものが見える。

クマ？

そこには小さな女がクマの格好をしていた。もしかして、噂《うわさ》のクマか？　こんなガキにオモスがやられたのか？

もう、笑うしかない。こんな変な格好をしたクマの女に、俺のシナリオが壊されたのか。

笑いをかみ殺して、驚いたように尋ねる。

「これが盗賊たちか？」

「そうよ。皆、あなたに雇われたと言っているわよ」

「知らないな」

「まだ、しらを切るのかしら」

「知らないものは知らん」

盗賊たちが俺を睨《にら》んでくる。捕まるくらいなら死んでくれればよかったのに。貴様らは生きている価値はないんだから、死んで俺の役に立てばよかったんだ。

「それなら、この縄を切ってもいいかしら？」

アトラがナイフを取り出して、男たちの縄を切る真似をする。縛られている男たちは今にも襲いかかりそうに俺を睨んでいる。ここで縄を切ればどうなるかは想像がつく。

「盗賊を逃がすつもりか？」

「そんなことはしないわよ。ただ、縄を切ったら、どうなるかなと思っただけよ」

周りが俺を疑いの目で見る。この女も、俺のことを首謀者だと確信を持っているのだろう。なにか、逃げる道を探さないと。

「それじゃ、これを見ても言い逃れができるかしら？」

アトラが後ろにいる職員に声をかけると、縄で縛られた男たちが現れる。盗賊に殺させようとした3人だ。

「なにか、怪しい行動をしていたから、尾《つ》けさせておいたんだけど。町を出ようとしていたから、ちょっと優しく話を聞いたら、全て話してくれたわよ」

3人は口を塞がれて「ウ〜ウ〜」と唸《うな》っている。

「その3人がやったことを俺に擦《なす》りつけているんだろう。俺は知らん」

くそ、いったいなんなんだ。どいつもこいつも俺の足を引っ張りやがって。

「それじゃ、あなたが大事そうに持っているアイテム袋の中身を見せてもらえるかしら」

握り締めていたアイテム袋に目が行く。ずっと握り締めていたみたいだ。

「これは……」

このアイテム袋には金や宝石、盗賊に盗ませたものが入っている。

「たいしたものは入っていない。おまえが気にすることじゃない」

「なら、中身を見せてもらえるかしら？　この3人は喜んで見せてくれたわよ」

3人は「ウ～ウ～」と唸って首を振っている。

「断る。どうして、貴様に見せないといけないんだ」

絶対に知ってやがる。中を見られたら言い逃れができない。俺はアイテム袋を後ろに隠す。だが、アトラが叫ぶ。

「わたしが全責任を持つ！　ザラッドのアイテム袋の中身を確認しなさい！」

アトラはギルド職員に命じる。

逃げ出そうとするが、元冒険者の冒険者ギルド職員からは逃げることはできない。

「やめろ！」

アイテム袋を奪い取られ、体を押さえ込まれる。

「それじゃ、中身を見せてもらうわね」

アトラは俺のアイテム袋を握り締めると、中身を全てぶちまけた。

92　クマさん、クラーケンを倒す理由ができる

盗賊を捕まえたわたしはアトラさんに連れられて商業ギルドにやってきた。

なんでも、捕らえた盗賊を商業ギルドに連れていきたいから、一緒に来てほしいと頼まれた。わたしは必要ないと思うけど。

アトラさん曰《いわ》く、わたしが一緒にいると盗賊がおとなしくなるようだ。わたしは猛獣使いか。

でも、どうして、わざわざ捕らえた盗賊を商業ギルドに連れていくのかとたずねると、相手の反応が見たいためと言っていた。

確かに捕らえた盗賊の頭《かしら》の顔を見た瞬間、商業ギルドのギルドマスターの表情が変わった。

殴り過ぎたかな?

「それじゃ、中身を見せてもらうわね」

アトラさんはアイテム袋を握り締めると、アイテム袋の中身を地面にぶちまけた。

「おい、なんだ。この量は」

地面にはお金になりそうなものがたくさん落ちている。

「あれ、ドモンさんの家で見たぞ」

「あれはドージュさんの」

住人たちが落ちているものを見て騒ぎだす。たくさんのものが落ちているなか、地面に小さな赤い宝石の指輪が落ちていた。その指輪を見た一人の女性が小さく呟《つぶや》く。

「それはわたしの……盗賊に捕まったときに奪い取られた指輪……」

その女性は盗賊に捕まっていた一人だった。女性は指輪に駆け寄って拾うと、大事そうに握り締める。その目から、涙がゆっくりと流れ落ちる。

「アラム……」

名前を呼ぶ。そして、立ち上がり、叫ぶ。

「アラムを返して！」

ギルドマスターに近づき、ひっぱたく。

「あなたが盗賊に命じて殺させた、アラムを返して…………」

女性は泣き崩れる。それを見た住人たちの怒りが爆発する。石がギルドマスターに向けて投げられる。石は顔に当たり、体に命中して、顔からは血が流れ落ちる。石はギルドマスターを押さえている冒険者ギルドの職員にも当たるが、住人は石を投げるのをやめない。

商業ギルドの職員たちは茫然《ぼうぜん》と立ち尽くしている。

「やめなさい！」

アトラさんが叫ぶ。

その叫び声で、投石は止まり、住人は静かになる。

「この男の処分はわたしが責任を持って行う。冒険者ギルド、ギルドマスターの名にかけて」

住人はアトラさんの言葉に握り締めていた石を放した。

首謀者の商業ギルドのギルドマスターも捕まり、ギルドマスターに荷担した者は全員捕まった。

全て終わったころには日が沈み、夕食の時間になる。

「戻ったか」

デーガさんが出迎えてくれる。

「本当に盗賊を討伐してくるとは思わなかったぞ。これで近くの町まで買い出しに行ける。改めて礼を言う。ありがとうな」

「気にしないでいいよ。本当ならクラーケンをなんとかしてあげたいんだけど」

「あははは、流石《さすが》にそれは無理だ。どんな子供だって知っているぞ。クラーケンがどんなに強いのか。俺たちにできることは、クラーケンが海域から出ていくのを祈るだけさ」

「ゴメンね」

「なんで、嬢ちゃんが謝るんだ。俺たちは盗賊だけでも討伐してくれて感謝しているんだ。

それに最近出回っているウルフの肉や小麦粉も嬢ちゃんのおかげだろ」

冒険者ギルドには内緒にしてもらったはずだけど。

「知っている者は知っているさ。でも、冒険者ギルドのギルドマスターから口止めされているんだよ。おまえさんが恥ずかしがりだから礼はいらないと」

「面倒なだけだよ」

本心を口に出す。騒がれるのが嫌《いや》なだけだ。

デーガさんは笑いながら、料理を作ってくれる。

夕飯を食べ、部屋に戻ろうとすると、デーガさんに呼び止められる。

「朝約束した最高の料理を作ってやるから、明日の昼に食堂に来てくれ。美味《おい》しい料理を食わせてやる」

「いいの？　食材少ないんでしょう」

「嬢ちゃんは気にしないでいい。俺が嬢ちゃんにできる礼はこれぐらいしかないからな」

「うん、分かった。楽しみにしてるね」

わたしは部屋に戻り、今日一日の疲れを落とすために、白クマの服に着替え、護衛としてくまゆるとくまきゅうを子熊状態で召喚する。

召喚するとくまきゅうの様子がおかしい。背中を向けてこちらを見ない。過去の経験から拗《す》ねていることが分かる。

今日の出来事を思い返してみると、今日はくまゆるとずっと一緒で、くまきゅうを一度も召喚していないことに気づいた。間違いなく、そのことで拗ねている。

これは構ってあげないとダメだ。でも、今日はいろいろとあったので、疲れて眠い。

だから、わたしは後ろを向いているくまきゅうを抱きかかえる。

「ごめんね。今日は一緒に寝ようね」

くまきゅうを抱きしめて、一緒に布団に中に入る。うん、柔らかい。疲れとくまきゅうの温《ぬく》もりのおかげで、すぐに眠りに落ちていった。


翌朝、起きるとくまきゅうの機嫌も直り、くまゆるも拗ねた様子はない。大丈夫のようだ。くまゆるとくまきゅうを送還し、黒クマの服に着替えて下に下りる。

食堂にはブリッツたちがいて、旅支度をしている姿がある。

「町を出るの？」

「すぐに戻ってくるけどな」

「盗賊もいなくなったから、町の人たちが隣の町まで食料の買い出しに行くことになったの。それでわたしたちに護衛の依頼が来たの」

「まあ、往復10日ぐらいだ。うまくいけば数日の短縮もできるし、早く戻ってくるつもりだ」

「そうなんだ。そのときにわたしがいるか分からないから、言っておくね。今回はいろいろとありがとうね」

「それは違うよ。わたしたちこそ、ありがとうね。ユナちゃんがいなかったら盗賊の討伐はできなかった。ううん、オモスに負けていたらどうなっていたか、分からなかったわ。本当にありがとうね」

今回はこのパーティーメンバーには精神的に助けられたと思っている。

人生経験が少ないわたしには、捕まっていた女性にかける言葉は思いつかなかったし、なにも行動できなかった。盗賊は倒したけど、後始末はすべてブリッツたちがしてくれた。わたしはなにもしていない。

「それじゃ、俺たちは行く」

「ユナちゃんまたね」

「くまゆるによろしくね」

「また、会おう」

「気をつけてね」

ブリッツは手を上げて返事をすると宿屋を出ていく。わたしも朝食を食べると外の空気を吸いに行く。

町の中を歩くと、少しだけ住人の顔が明るくなったように見える。町の人はわたしを見かけると軽く頭を下げてくれる。子供たちも「クマさん」と言って駆け寄ってくる。わたしたちが盗賊を討伐したことは町中に広まっているようだ。

冒険者ギルドに立ち寄ると、アトラさんや職員が忙しそうにしている。話によると商業ギルドで独占していた魚や食材は一時的に冒険者ギルドで管理することになったそうだ。アトラさんは大変そうだ。数日前にはアトラさんがギルドで暇そうに朝からお酒を飲んでいたのが懐かしい。

疲れたときには甘いものが一番なので、差し入れにプリンを渡しておく。

冒険者ギルドを出ると、初めて町に来たときに出会った商業ギルドのジェレーモさんに会った。

「嬢ちゃんか。今回はありがとうな」

「どうして、ここにいるの？」

「商業ギルドの仕事だよ。ギルドマスターをはじめ、その他のメンバーも捕まったからな。下っ端の俺に大量に仕事が回ってきたんだよ」

「そうなんだ」

「まあ、下っ端のおかげでギルドマスターの犯罪に巻き込まれなくてすんだけどな」

商業ギルドマスターは黙秘を続けているらしい。盗賊に指示を出していたのは間違いなく、首謀者なのは確実だった。住人は処罰を求めたが、現在は保留状態になっている。

捕らわれた女性の気持ちを考えると、すぐにでも処刑したかったが、ここがどこの国にも属していない町であることと、さらに町長が逃げたことによって裁く人間がいないことで、このような結果になっている。アトラさんもそれではダメとは分かっているが、早急にしないといけない仕事が山積みになっているため、そちらを優先している。

盗賊がいなくなったことで釣りができる場所が増え、増えた魚を均等に配分しなくてはならないし。他にも盗賊に殺され、財産を盗まれた者たちへの保障もある。本来、盗賊を討伐したら、討伐したわたしたちが財産をもらえるが、わたしとブリッツはそれを辞退した。代わりに捕まっていた女性や遺族が受け取ることになっているが、家族全員で殺されているケースも多い。

「倒したのはユナだからな。なのに俺たちがもらうわけにはいかない」

ブリッツは格好をつけていた。女性陣たちも納得しているようでなにも言わなかった。なんだかんだで、ブリッツの意見は尊重されているみたいだ。

わたしも含めブリッツたちも甘いとアトラさんに言われたが、お礼は言われた。

昼過ぎに宿に戻ると美味しそうな匂いが漂ってくる。

「おお、戻ったか。そろそろできあがるから座って待っててくれ」

待っていると、厨房から食欲をそそる匂いが漂ってくる。

席で待つこと数分、料理が運ばれてくる。

それはこの世界で初めて見る食べ物で、わたしがよく知る食べ物だった。

「…………お米」

「なんだ、知っているのか。魚ととっても合う食べ物だぞ」

わたしの前にあるのは真っ白いご飯だった。ご飯の横には海で捕れた焼き魚があり、さ

らに味噌汁《みそしる》らしきものもある。わたしはひと口味噌汁を飲む。間違いなく味噌汁だ。中に

は野菜が入っており、凄《すご》く美味しい。ひと口、ふた口と喉を通る。懐かしい味。魚を食べ、

ご飯を食べる。

その瞬間、懐かしさが込み上げてくる。

お米だ。それに味噌汁、とてもご飯に合う。

魚の隣にある小瓶に入っている液体が気になった。少し赤黒い液体。液体がかかった魚を食べる。間

て、小瓶の中にある液体を魚にかける。少し赤黒い液体。液体がかかった魚を食べる。間

違いなく、わたしが探し求めていた醬油《しょうゆ》だった。

白いご飯に味噌汁。焼き魚に醬油。ダメだ。美味しい。自分がこんなに日本食に飢えて

いたとは思わなかった。

「嬢ちゃん。泣いているのか？　魚にはそれが合うと思ったんだが、ダメだったか？　そ

れとも魚か？　嬢ちゃんが食べたそうにしていたから、回してもらったんだが」

わたしは知らないうちに涙を流していたようだ。それをデーガさんが心配したみたいだ。

「ううん。違うよ。とても美味しいよ。デーガさんのお料理が美味しくて、涙が出たよ」

泣いているのが恥ずかしくなり、涙を拭《ふ》くと笑顔で答える。美味しいのは嘘ではない。

「本当か？」

「うん、とっても美味しいよ」

その証拠にご飯も魚も食べていく。

「そう言ってもらえるのは嬉しいが、無理をしているんじゃないよな？」

不味《まず》いから無理やり食べていると思ったのだろうか。

「うん、これ、わたしの国の故郷の味なんだ。もう食べられないと思っていたから。嬉しくて」

「これが故郷の味って、もしかして、和の国の出身なのか？」

「和の国？」

「違うのか？」

「違うよ。もっと遠くで二度と行けないぐらい遠くの場所」

「そんな遠くから来たのか。寂しくないのか？」

「たまに故郷が懐かしくなるけど、ここも楽しいからね。でも、こうやって故郷の味が出ると嬉しくてね」

「そうか、本当ならもっと作ってやりたいんだが、在庫がなくてな。クラーケンが出る前だったら、和の国から月に一度、船で運ばれてくるんだが」

そんな国があるんだね。一度は行ってみたいね。でも、それにはクラーケンを討伐するか、いなくなるのを待つしかない。

倒す方法ないのかな？

そんなことを考えながら、デーガさんが作ってくれた料理を平らげる。

「今日の料理は今までで一番、美味しかったよ」

わたしの言葉にデーガさんは嬉しそうにする。

わたしはデーガさんにお礼を言って宿屋を出る。

そのまま海岸まで歩いていく。広がる海。この先にはお米、醬油がある国がある。他にも日本に似たものが多くあるかもしれない。なによりもお米に醬油、味噌が欲しい。でも、クラーケンが邪魔をしている。

戦闘方法は限られている。

その1、大型船を使って海に出て倒す。でも、そんな船はこの町には存在しない。それにわたしは船を操舵《そうだ》することはできない。

その2、空を飛んで上空から倒す。うん、クマは飛べない。

その3、海を凍らせて地面にして戦う。試しに砂浜に行き、海を凍らせてみる。凍るけど、波が覆《おお》い被《かぶ》さってくる。広範囲を凍らせないとダメだ。厚みのことも考えると、魔力をどれほど使うか分からない。戦闘になれば、クラーケンは暴れるだろうし、そうなれば、海は荒れて、波は高くなって、氷を砕き、戦える状況じゃなくなる。海に落ちれば即アウトだ。

その4、空気の玉の中に入って海に潜る？　試しに作って、海の中に入ってみる。その結果、普通に海に潜れた。でも、これってクラーケンの攻撃をくらったらおしまいだよね。それに、この玉の中から攻撃できるの？　割れたら終了だ。酸素の問題もある。いろいろ考えると、空気の玉は不可となる。

あとはクマたちに乗って戦う？

くまゆるとくまきゅうを召喚する。

「2人とも、泳げる？」

くまゆるとくまきゅうは海に入ると普通に泳ぎだす。

泳げるんだ。まあ、北極グマとか泳いでいるもんね。

問題があるとすれば、わたしが海で泳いだことがないことだ。それ以前に、最後に泳いだの何年前？

思い出してみると小学校のプールの授業が最後だ。くまゆるとくまきゅうから落ちたら間違いなく死ぬね。でも、くまゆるとくまきゅうに乗っている間は寝てても落ちないから落ちることはないのかな。

ただ、戦いになれば、間違いなく全身が濡《ぬ》れることになる。それにクラーケンに海の底に潜られたらなにもできないのは変わらない。

この案は保留にしておこう。うーん、他に倒す方法が見つからない。あと、海で戦う参考になる物語はあったかな？

本当は水の中でも息ができて、自由に動けるのが最高なんだけど。ないものねだりをしてもしかたない。

それじゃ、モーゼのように海を割る？　いや、無理だから。それに逃げられたら追いかけることができない。それ以前にそんなことはできないだろうし。

……ダメ。

……没。

……却下。

……断る。

……嫌だ。

……無理。

そして、一つの考えが思い浮かぶ。

うん、この方法でやってみるかな。失敗しても痛くも痒《かゆ》くもない。成功すれば戦うことができる。ダメだったら、違う方法を考えればいい。

93　クマさん、クラーケンを討伐に行く

翌日、クラーケンの討伐の許可をもらうために冒険者ギルドに向かう。冒険者ギルドでは昨日と同じようにギルドの職員が忙しく動き回っている。その仕事の半分が商業ギルドの仕事なのがおかしいところだ。指示を出しているのは冒険者ギルドのギルドマスターのアトラさんだが、商業ギルドの職員もちゃんと働いている。忙しそうにしているアトラさんを見つけて話しかける。

「ユナ、どうしたの？」

「ちょっと、相談？　お願い？　頼みたいことがあって」

「なにかしら。ユナの頼みだったら、なんでも聞くけど」

もし、わたしが男だったら「なんでも」って言葉に反応するんだろうな。

そんなバカなことを考えているとアトラさんの大きな胸が顔に近づく。そんなに大きな胸を押しつけないでください、と叫びたくなる。決して羨《うらや》ましいとかじゃないからね。

「誰もいないところでいいかな？」

わたしが周りを見ながらお願いすると、奥の部屋に通してくれた。

「ちょっと散らかっているけど、座って」

書類が多く積まれている。全部、仕事関係かな。昨日から始めたんだよね。もしかして、アトラさん寝ていないのかな。

「それで、お願いってなに？」

「クラーケンと戦おうと思うんだけど、そのことでお願いがあって」

「……………」

アトラさんの口が開いたまま固まる。

「ごめんなさい。疲れているみたいで、聞き間違えたみたい。今、クラーケンと戦うって聞こえたけど。聞き間違いよね」

「ちゃんとクラーケンと戦うって言ったよ」

「本気？」

「ちょっと、クラーケンを倒す理由ができたので」

「その理由ってなに？　命をかけるほどなの？」

「大した理由じゃないよ。個人的なことなんで」

流石《さすが》にお米と醬油と味噌のためとは言えない。

「はぁ、とりあえず、お願いごとって、クラーケンを倒すから手を貸してほしいってこと？無理よ。クラーケンと戦える冒険者は一人もいないわ。ブリッツたちなら、少しは手助けができたかもしれないけど。彼らには別の仕事をお願いしちゃったのよ」

それは知っている。昨日、出発したのを見送ったからね。

「クラーケンとは、わたし一人で戦うから大丈夫だよ」

アトラさんはわたしに近づくと、額に手を当てる。

「熱はないわね。クラーケンって一人で倒せる魔物じゃないのよ。いくらあなたが強くても無理よ。盗賊を討伐したからといってクラーケンも倒せるとは思わないほうがいいわよ」

まあ、ゲームでも一人で倒すような魔物じゃなかった。

「わたしを信じて、と言ってもダメ？」

「ちなみに聞くけど、勝算は？」

「指定した場所にクラーケンが現れてくれれば、倒すよ」

アトラさんがわたしの目をジッと見つめてくる。

そして、小さく溜《た》め息《つ》を吐く。

「はぁ、分かったわ。それでわたしはなにをすればいいの？」

「盗賊が現れた道に、海に向けて大きな崖があるよね？」

「ええ」

「その、近辺で戦いたいから、誰も近づけさせないでほしい。あと、その日は危ないから釣りはもちろん、誰も海には近づかないでほしい」

「どうやって、クラーケンをあそこに呼び寄せるつもりなの？」

わたしは餌《えさ》を用意することを説明をする。

「釣れるかは分からないけどね」

「それはそうね。誰もクラーケンを釣ろうとは思わないし、やったことはないからね。でも、呼び寄せることに成功しても逃げられる可能性もあるんじゃない？」

「逃がすつもりはないよ」

崖の近くまで来たらわたしのテリトリーだ。そのときは狩られる恐ろしさをクラーケンに教えてあげるよ。

「うーん、分かったわ。少し時間をちょうだい。それまでには説得するから」

「ありがとう」

「お礼を言われることじゃないわ。ユナは町のためにしてくれるんだから」

本当はお米と醤油と味噌のためだなんて言えないね。

「それとウルフの追加もお願いできるかしら。説得材料にもなるしね」

そんなことでいいなら、1000でも2000でも出すよ、と言ったら200でいいと言われた。残念。


翌日、アトラさんが宿にやってくる。

「ユナ。約束どおり、2日後に町の住人の外出を禁止させたわ」

「えーと、言っておいてあれだけど、よくみんなが納得したね」

昨日頼んで、今日だ。町の住人に説明をしないといけないだろうし。説得も時間がかかるはずだ。

「海は、漁師の一番偉いお爺《じい》さんを説得すればいいだけだし、他は冒険者ギルドで対処するから平気」

「でも、そのお爺ちゃん、よく了承してくれたね」

こういう場合、頑固《がんこ》爺さんと相場が決まっている。

「まあ、ユナの頼みを断ったりはしないわよ。食材の提供、盗賊団の討伐、そのうえ、捕まっていた人を救い出してくれた。それに商業ギルドの横暴を止めてくれた」

「商業ギルドはわたしと関係ないよ」

「食材の提供と盗賊を討伐したおかげで悪事がバレたんだからユナのおかげでしょう。だから、お爺さんも快くユナのお願いを聞いてくれたわ。それから、お爺さんから伝言ね。『無理はしないでくれ。クマの嬢ちゃんには感謝している。どうやって、あの化け物を倒すのかはわしには分からんが、手を貸してほしいときは言ってくれ』だそうよ。あのお爺さんにあそこまで言わせたのは凄《すご》いわよ」

お米のために戦うとはだんだんと言えなくなってくるんだけど。

「もしかして、お爺さんにわたしがクラーケンと戦うことを話しちゃったの？」

「どうしても説得するには必要だったからね。でも、お爺さんには他の人には話さないようにお願いはしておいたから、大丈夫よ。それにそんなことを他の住人に話したら大変なことになるわよ」

確かに、クラーケンと戦うって話が広まれば大騒ぎになるに決まっている。

戦いの当日。朝起きて、部屋の窓から外を見る。いい天気で戦い日和《びより》だ。やっぱり、雨より晴れているほうがいい。下の階に行くとデーガさんの姿がある。

「嬢ちゃん、今日はどこかに行くのか？」

「散歩に行くよ。それが、どうしたの？」

デーガさんに尋ねられるが、流石にクラーケンを倒しに行くとは言えずにそう答える。

「散歩か。それじゃ、美味しい朝食を作ったから、しっかり食べていくんだぞ」

「デーガさんの食事はいつも美味しいよ」

本心を言う。デーガさんの料理はどれも美味しい。

「俺を泣かすな！」

鼻をすすり、微《かす》かに涙目になっている。

「ちゃんと食事を作って待っているから、帰ってくるんだぞ」

「ちゃんと夕飯までには戻ってくるよ」

しつこいぐらいに帰ってくるんだぞと念を押されて宿を出る。宿代でも心配しているのかな。まあ、わたしは、たった一人のお客様だからね。

町の外への出口に行くとアトラさんを含む、冒険者ギルドの職員が数名いる。

「おはよう」

みんなに挨拶《あいさつ》をすると、アトラさんと職員のみんなが返事をしてくれる。もしかして、職員にも話しちゃったのかな？

「それじゃ、行ってくるけど、この先にはなにがあっても通しちゃダメだからね」

アトラさんが職員に対して指示を出す。でも、行くって？

「もしかして、アトラさんもついてくるつもり？」

「ええ、もちろんよ。ユナを一人で行かせるわけにはいかないでしょう」

「危ないよ」

「危ないときはユナを担いで逃げるから大丈夫よ」

「わたしは大丈夫だから、一人で逃げて」

アトラさんに忠告をする。本当に危ないときには逃げてほしい。わたしは町の外に出ると、くまゆるとくまきゅうを召喚する。

「この子たちが召喚獣のクマね」

隠すこともないので、アトラさんにもくまゆるとくまきゅうのことは話してある。

「そっちの黒いクマに乗ってください」

「あら、いいの？」

「早く倒して、戻ってきたいからね」

「頼もしいわね」

わたしはくまきゅうに乗り、クラーケンと戦う予定の崖に向かう。

くまきゅうに乗って、海を見ながら進む。本当に静かな海だ。ここにクラーケンがいるとは信じられない。でも、昨日も遠くの海にクラーケンが見えたそうだ。

「ねえ、ユナ。どうして、ここまでしてくれるの？　ユナにとって、ここは関係がない町でしょう。知り合いがいたわけでもないし、命をかけてまで、クラーケンと戦う理由がどうしても分からないんだけど」

真剣な目でわたしを見る。その目を見ると、とてもじゃないけど、お米と醤油と味噌のためです、とは言えない。

「アトラさんにデーガさん、ユウラさん、ダモンさん。知り合いはたくさんいるよ」

もう、町に来て親しくなった人はいる。アトラさんも、初めて会ったときはとんでもない人かと思ったら優しい人だし、デーガさんも心配をしてくれる。お米の件とは別にして助けたいと思うのは本当だ。

「ありがとう。そう言ってもらえると嬉しいけど。無理はしちゃダメよ」

しばらくすると、目的の崖に到着する。

「ここで戦うの？」

「クラーケンが来てくれればだけどね」

わたしはクラーケンを呼び寄せるための餌をクマボックスから取り出す。

出てきたのは王都で1万の魔物を倒したときのワーム。しかも、時間が止まっているため、死にたてのホヤホヤ、まだ、生温かい、新鮮なワームだ。

「ちょ、なんなの⁉」

アトラさんはワームを見て叫び声をあげる。

「ワームだよ」

「それは見れば分かるけど。どうして、そんなものをユナが持っているのよ。それにウルフのときも思ったけど、ユナのアイテム袋はなんなの？」

「高級アイテム袋だよ」

「ユナといると、驚かされることばかりね。エルファニカの刻印も納得がいくわ。でも、このワームをどうするの？」

「これを餌にして、クラーケンを呼び寄せるつもり」

「そんなもったいないこと、いいの？　ワームは高級食材として、一部の層に高く売れるわよ」

やっぱり、食べるんだ。うん、わたしは絶対に食べたくない。それにお金に困っているわけでもない。

「ワームで町が救えるなら安いものだと思うよ」

ちょっとカッコいいことを言ってみる。本音は食べたくないし、売るにしても目立つから避けたいだけだ。

「ユナ。あなたって子は」

なんか、アトラさんが感激してしまっている。嘘《うそ》は言っていないけど。本音が言いにくくなっている。

わたしは会話をしながら作業を続ける。氷魔法を使い、ワームの下半分に氷を纏《まと》わりつかせて、崖の上から海に向けて吊るす。イメージ的に、崖の先の大きな氷柱《つらら》にワームを吊るしている感じになる。

ワームの体が半分ほど海に浸かる状態にする。

昔テレビで、魚を釣るときに、幼虫を使うのを見たことがある。ワームって幼虫に似ているよね。だから、クラーケンの餌にならないかな〜と思ったのだ。

実際問題、クラーケンは人を食う肉食。なら、ワームも食べるはず？

ワームは大きい。その分、匂いも海に広がりやすい。うまくすればこの崖までクラーケンが来てくれる可能性がある。

もし、来なかったら、くまゆるとくまきゅうに乗って海の上で戦うしかないけど。そんな戦いはしたくないから、クラーケンが来ることを祈ろう。


「来ないな」

ワームを海に吊るしてから、それなりの時間が経《た》っている。くまゆるとくまきゅうの間に挟まれながら海を見る。海は静かなものだ。やっぱり、ワームじゃ釣れないかな？

「釣りは気長にするものよ」

もちろん、引きこもりのわたしは釣りをしたことがない。釣りはしたことがないけど。釣れないと退屈だ。このままくまゆるとくまきゅうに挟まれていると眠くなってくる。

アトラさんの言う通りにのんびりと海を眺めていると波が高くなった気がした。くまゆるとくまきゅうが海を見て小さく鳴く。わたしは立ち上がり海を見る。

「ユナ？」

遠くで、何か見えた気がする。探知スキルを使う。クラーケンの反応が出た。もの凄い速さでわたしがいる崖まで移動してくる。海の中のクラーケンが見えた。そして、海から細長い触手が飛び出し、ワームに巻きついた。氷柱は折れてワームは海に引きずりこまれる。

「ユナ！」

「アトラさんは、下がって！」

わたしは土魔法を発動させ、イメージをする。巨大なクマ、崖の高さほどのクマを。海の底から、土でできた巨大なクマが何体も出現して、わたしが立つ崖を中心に半円を作り、隙間なく強大なクマの壁が完成する。

久しぶりの巨大な魔法で魔力を大量に消費し、脱力感に襲われる。

大きさだけでなく、クラーケンに壊されないように強度も強めている。その分、大量に魔力を持っていかれた。でも、そのおかげで、巨大なクマの壁の中にクラーケンを閉じ込めることができた。

クラーケンはクマの壁に閉じこめられたことも気づかずにワームを食べようとしている。大きなイカだ。クラーケンとは大きなタコもイカも示す。今回わたしの前に現れたのはイカのほうだった。

わたしは大きな無数の炎のクマを作り出し、ワームを食べているクラーケンに向けて解き放つ。炎のクマはクラーケンを焼く。焦《こ》げる臭いが漂ってくる。クラーケンは海に潜り、クマの炎を払い落とす。クラーケンはわたしの存在に気づき、触手を伸ばしてくる。ここまで届くの？

崖の上まで伸びてくる触手を風の刃を飛ばし切り落とす。すぐに別の触手が伸びてくる。触手を躱《かわ》し、炎を放つ。触手は燃え上がるが、クラーケンはすぐに海の中に引っ込め、消火させる。

わたしは、次から次へと炎のクマを作り出し、巨大なクマの壁に囲まれた海の中に放り込む。

クラーケンは崖の上にいるわたしに触手を伸ばしてくる。わたしは後方に下がり炎のクマを放つ。やっぱり、地面が有利だ。

わたしは一方的に攻撃をする。クラーケンはわたしへの攻撃を諦《あきら》めると、海の中に逃げ出そうとする。だが、巨大なクマの壁が邪魔をして逃げ出すことができない。よじ登ろうとするが魔法を撃ち込んで海に叩《たた》き落とす。海に潜れば海に向けてクマの炎を撃ち込む。

海水の温度が炎のクマのおかげで、だんだんと上がっていく。巨大なクマの壁のせいで、

鍋状態になる。クラーケンはもがき苦しむ。何度も何度もクマの壁に向かって体当たりをする。魔力を大量に注ぎ込んだクマの壁だ。簡単に壊れてもらっても困る。

ブクブクと海水が沸騰し始める。クラーケンは触手を伸ばし、クマの壁を登ろうとするがわたしがさせない。ベアーカッターで触手の先を切り落とす。でも、すぐに再生して触手が伸びる。いや、よく見ると再生でなく、切れた触手同士がくっついているように見える。

つまり、切っても無駄になる。この手の再生は魔力が続く限り、続くのがよくあるパターンだけど、もしかして、魔力勝負になる？

勝負はわたしの魔力が切れる前にクラーケンが力尽きるか、わたしの魔力が尽きてクラーケンが逃げ出すかで決まる。

クラーケンは何度も何度もクマの壁に触手を伸ばす。そのたびに魔法で攻撃をして叩き落とす。

クマの壁、もっと大きくしとけばよかったな。まさか、こんな戦いになるとは思いもしなかった。

肉体的な戦いはないから、白クマの服で戦えば良かったんだと、今さらながら気づく。そうすれば、魔力を少しずつでも回復しながら戦えたのに。

もし、魔力がなくなりかけたら、白クマの服に着替えるために、ここでストリップショーをするはめになるかもしれない。

それは嫌だな～。

アトラさんしかいなくても、人前で着替えるのは恥ずかしい。でも、クラーケンの討伐と引き換えだったら、やるしかないのかなストリップショー。

炎のクマのおかげで海は沸騰し、辺りには蒸気が立ち上り、海は熱湯風呂のようになっている。そのせいで、周りの温度は上がっている。たぶん、外部の気温は暑いのだろうが、わたしはクマさんの服のおかげで暑くない。

クラーケンは海が熱いため暴れまくっている。崖も一部崩れ落ち、原形をとどめていない。わたしはクラーケンにダメージを与えつつ、逃がさないようにする。

今さらながら、蓋を作ればいいかと思いつくが、残りの魔力では作れそうもない。

う〜ん。戦いが始まってみると、作戦に穴が多い。今度戦うことがあったら、気をつけないといけない。

そんな、一方的に炎のクマを撃ち込んでいるだけの攻防（？）が続く。クラーケンは触手を伸ばして、一生懸命に逃げようとするが、わたしは逃がさない。早く終わってほしいと願う。倦怠感《けんたいかん》が大きくなってきている。魔力がなくなり始めているのが分かる。

これは早着替えのストリップショーかな。

そう、思った瞬間、クラーケンの動きが鈍くなった。触手が上がらなくなり、クマの壁に体当たりをすることもなくなった。わたしは攻撃の手を休めて様子をみる。クラーケンは動かなくなる。

わたしは探知スキルを使う。そして探知スキルからクラーケンの反応が消えているのを確認する。

…………終わった。

わたしは地面に腰を下ろし、背中から地面に倒れる。

さすがに疲れた。魔力の使い過ぎで体が怠《だる》い。でも、どうにかストリップショーは回避することができた。

「ユナ！」

アトラさんが駆け寄ってくる。額には凄い汗が流れている。ここは暑いからね。

「アトラさん。終わったよ」

「本当に死んでいるの？」

アトラさんは沸騰した海に浮かんでいるクラーケンを見る。クラーケンは触手一本動かない。

「倒したよ。アトラさん。あとは任せていい？　ちょっと、流石に魔力を使い過ぎて、もう動けない。それに怠いし、眠い」

もう、歩く力もない。

「ええ、もちろんよ。あとは任せて。それと、ありがとうね」

お米と醤油と味噌のためとは言えず、笑顔で返答してみる。

わたしはくまゆるとくまきゅうを呼ぶ。くまきゅうが近寄ってきて乗りやすくしてくれる。

「ありがとう」

わたしはくまきゅうに、アトラさんはくまゆるに乗って町に戻った。

町の入り口に戻ると多くの人が集まっていた。

「ギルドマスター！」

ギルド職員が駆け寄ってくる。

「これは何事？」

「ギルドマスターが向かった先にクラーケンが見えたと報告があって、住人が騒いでいるんです」

アトラさんは少し悩んでから口を開く。

「クラーケンなら、この子。ユナちゃんが倒したわ」

くまきゅうの上で倒れているわたしを指す。

ああ、大袈裟《おおげさ》にしないでと頼むの忘れていた。

今のわたしには、そのことをお願いする力も残っていない。今は早く宿に戻って寝たい。

「ギルドマスター、本当ですか」

「ええ、本当よ。信じられないなら見に行けばいいわ。クラーケンの死体があるから」

「危険では？」

一人の職員が言う。それに対してアトラさんは。

「何が危険なの？　盗賊はいない。クラーケンもいない。なにが危険なのかしら」

「それは……」

「それよりも、道を開けてくれない？　この町を救ってくれた英雄を宿で休ませてあげたいんだけど」

アトラさんの言う通りに、今は休みたい。このまま寝てしまいそうだ。

「ですが、そのクマを町の中に………」

くまきゅうとくまゆるに視線が集まる。

「危険がないことはわたしが保証します。それにクラーケンの戦闘で疲れきっている恩人にクマから降りろとはわたしには言えない。それを言った者をわたしは軽蔑《けいべつ》する」

アトラさんはこの場にいる全員に眼光を向け黙らせる。

ギルド職員、住人は道を作る。道ができ、わたしを乗せたくまきゅうはそこを通って宿に向かう。

「嬢ちゃん！」

宿屋に戻るとデーガさんが叫ぶ。

「大丈夫…。少し疲れただけだから…、しばらく寝るから起こさないでね」

くまきゅうは大きな体で宿に入り、狭い階段を上がっていく。その後ろには、くまゆるがついてくる。部屋の前まで来ると、わたしはくまきゅうから降りてドアを開ける。

「くまきゅう、ありがとうね」

くまきゅうとくまゆるを子熊化して、部屋に入れる。

「大統領でも総理大臣でも国王でも、誰が来ても起こさないでね」

まだ、昼過ぎなのに疲れている。魔力の使い過ぎだ。脱力感がある。

頑張って服を脱ぎ、リバースさせて白クマの服に着替える。

そのまま、ベッドに倒れると、子熊化したくまゆるとくまきゅうが寄り添うようにわたしの横に来てくれる。そんなクマたちにお礼を言いながら眠りに落ちていった。

94　クマさん、目が覚める

目が覚めると、わたしに寄り添うように寝ているくまゆるとくまきゅうがいた。

今、何時？

ベッドから降りて、カーテンを開け、窓を開ける。

朝焼けが海に向かって見える。昼に寝て、朝まで起きないって何時間寝たのよ。

流石《さすが》にそれだけ寝れば、倦怠感《けんたいかん》もなくなり、体力も魔力も回復はしている。少し早いが黒クマの服に着替えて、ボディーガードをしてくれたくまゆるとくまきゅうにお礼を言って送還する。

部屋から出て、1階に下りると、デーガさんが奥の部屋からやってくるところだった。

「嬢ちゃん、起きたのか！　もう大丈夫なのか!?」

朝から大きな声で心配そうに話しかけてくる。

「大丈夫だよ。魔法の使い過ぎで疲れただけだから」

「そうか。何ともないんだな」

安堵《あんど》が窺《うかが》える。心配させたようだ。

「嬢ちゃんって、本当に凄《すご》い冒険者だったんだな。見た目はこんなに可愛《かわい》いのに」

ポンポンとわたしの頭を軽く叩《たた》く。

「クラーケンのこと知っているの？」

「嬢ちゃんが宿に戻ってきたときに、アトラに聞いたよ」

まあ、あんな状況で帰ってきたら聞くよね。

「それで、腹は減っているか。なにも食べていないんだろう」

お腹《なか》に触れてみる。ペッタンコだ。胸じゃないよ。お腹がペッタンコだ。

「空《す》いているみたい」

「なら、すぐに準備するから待ってろ」

デーガさんは腕を曲げて、筋肉を強調させると奥のキッチンに向かう。

「ゆっくりでいいよ」

デーガさんが作る朝食をボーッとしながら待っていると、アトラさんが宿屋に入ってくる。

「ユナ、起きたの!?」

「さっき起きたところ」

「どこか体が変なところはない？」

アトラさんは心配そうにわたしの手や体に触れてくる。

「大丈夫。寝たおかげで、魔力も回復して、元に戻っているよ」

「夜になっても起きてこないから心配していたのよ」

本当に心配そうにしてくれている。デーガさん同様に心配をかけたらしい。

「でも、なんともないならよかったわ」

アトラさんと話していると、デーガさんが朝食を持ってきてくれる。

そして、その朝食を見て驚く。

「お米？　なかったんじゃ」

「町の者が持ってきてくれたんだよ」

「どうして？」

「嬢ちゃんは自分がやったことを忘れたのか。多くの住人が嬢ちゃんに礼を言いに宿屋に集まって、昨日は大変だったんだぞ」

「あれは大変だったわね」

アトラさんがデーガさんの言葉に頷《うなず》く。

「町に戻ってきてすぐに、クラーケンが討伐されたことが町中に広まってね。それを倒したのがここに泊まっているユナだと知ると、みんなこの宿に押しかけてきたのよ」

それってどのくらいの人数が集まったのかな。想像したくないんだけど。

「でも、あなたは疲れて寝ている。起こすわけにはいかない。だから、静かにするように説得して、帰ってもらったの。それでも、お礼をしたい住人があっちこっちから集まってきて大変だったのよ」

わたしが寝ている間にそんなに大変なことが。

「それで、嬢ちゃんがお米が好きなことを伝えると、住民がお互いに家に残っているお米を集めて持ってきてくれたんだよ。それぞれが持ってきた量は少ないが、町中から集まってきたから、かなりの量になっているぞ」

それは、かなり嬉しいんだけど。

クラーケンを倒しても、お米がある和の国がどこにあるのかも分からないし、次にいつ、船が来るかも分からない。だから、しばらくは手に入らないと思っていた。

「嬉しいけど、もらっていいの？　大切な食料なんでしょう」

「なに言っているの？　あなたがクラーケンを倒したから食料問題は解決よ。海は食材の宝庫よ。食べ物はたくさんあるわ」

それなら、ありがたくもらっておくかな。

あれ、そう考えると、隣町まで買い出しに行ったブリッツたちには悪いことをしたかな？

まあ、買ってくるのは魚以外だと思うから平気かな？

「住人がお礼にやってきたってことは、わたしがクラーケンを討伐したことは広まっているんだよね」

「クラーケンとユナの戦いを見ていた者もいたのよ。だから、一気に広がったわね」

あの場に人がいたの？　気づかなかった。

もう少しで、早着替えをするところだった。問題はそこじゃなく、いやそこも大事だけど。本当は王都のときと同様に大事《おおごと》にしたくなかったけど、今回はしかたないかな。流石にたまたまいあわせたランクA冒険者が倒したって言うには無理があるし。

「一応、皆にはユナに迷惑をかけないようにとは言ってあるけど。なにを心配しているの」

「クラーケンをわたしが倒したことが広まると、面倒だなぁ～とただ思っただけ。あまり、目立ちたくないから」

アトラさんとデーガさんがわたしのことを見る。言いたいことは分かるよ。

「だから、今さらだけど、広めないでほしいんだけど」

「それは無理じゃない？　かなり広まっているわよ」

「昨日の様子を見ると無理だと思うぞ」

わたしの願いを2人は切り捨てる。

「それじゃ、せめて町の人に、外には言わないようにしてもらうことはできる？」

「それなら、心配ないわよ。元々、この町は他の町と交流は少ないし。それにクラーケンをクマの女の子が倒したって言ったって誰も信じないわよ。もし、わたしがそんな話を聞いても絶対に信じないわよ」

確かに、クラーケンをわたしが倒したと言っても信じないだろう。実際問題、クラーケンを一人で倒せる人っているのかな？　そこの辺り、強い人に出会ったことがないから分からないんだよね。今度、高ランク冒険者に会ってみたいものだ。

「まあ、一応、広めないように口止めはしておくわね」

これぱかりはしかたない。噂が広まらないことを祈ろう。

クラーケンが倒され、お米と醤油と味噌が手に入ることを喜んでおこう。

住人からもらったお米でお腹も膨らみ、朝の散歩をするためにアトラさんと一緒に宿を出る。外に出ると朝早くにもかかわらず、多くの人がいる。みんなの顔に笑みが浮かび、会話が弾んでいるように見える。

わたしが宿屋から出てくるのに気づいた、年配の女性が数人やってくる。

「アトラ、そっちのお嬢ちゃんがクラーケンを倒してくれたクマの女の子だね」

「ええ、彼女が倒してくれました」

「本当にこんな、可愛らしい女の子が、あの化け物を倒したのかい？」

「本当にありがとうね。主人も朝一番に嬉しそうに海に出ていったよ。これもお嬢ちゃんのおかげだよ」

「うちの主人も一緒さ。あんなに暗い顔をしていたのに、倒されたクラーケンを見に行って帰ってくると嬉しそうに泣いていたさ」

みんなから感謝の言葉が飛んでくる。この笑顔を見るとお米や醤油と味噌などに関係なく、クラーケンを倒せてよかった。

「それで、クラーケン討伐を祝って、魚を振る舞うから参加しておくれ」

「美味しい料理を作るから、食べておくれ」

おばちゃんたちは言いたいことを言うと立ち去っていく。その後も町を歩いていると、次々とお礼の言葉が飛んでくる。

「みんな、ユナちゃんにお礼を言いたいのよね。一応、これでも抑えているのよ」

でも、このままでは住人に捕まりそうだったので、アトラさんと一緒にクラーケンと戦った崖に向かう。

くまゆるとくまきゅうに乗って崖の近くまでやってくると、海から湯気が上がっているのが見える。

「まだ、ユナちゃんの魔法の影響が残っているみたいね」

炎のクマのせいかな？

崖の側に行くと、老人が海を見ている姿があった。

「クロ爺《じい》!?」

「アトラの嬢ちゃんか」

どうやら、アトラさんの知り合いみたいだ。

「クロ爺、どうしてここに？」

「ここにいれば、この魔物を倒してくれた人物に会えると思ってな」

「でも、漁はどうしたの？」

「そんなの若者にやらせればいい。わしはこの魔物を倒してくれた人物にお礼を言わないといけない。それで、この魔物を倒してくれたのは、そこのクマの格好をした嬢ちゃんで合っているかい」

「うん、そうだけど」

クロ爺と呼ばれたお爺さんはわたしのところにやってくる。

「話には聞いていたが、こんなに小さな女の子だったとはな。わしはこの町で一応、海の管理を任されている者じゃ。今回は町と海を救ってくれて感謝する」

お爺さんは深く頭を下げる。

そして、お爺さんは頭を上げると、崖の前に立ち、遠くの海に浮かぶ船を見る。

「こうやって、海に浮かんでいる船を見ることができるのも、お嬢ちゃんのおかげだ」

お爺さんの目にはうっすらと涙が浮かんでいるのが見える。

絶対に倒した理由がお米と醤油と味噌のためと言えない。

「こんな魔物を倒せる者はいないと思っていた。どんな冒険者でも、軍隊でも、倒せるか分からん魔物だ。町の者はそのへんを分かっておらん。嬢ちゃんがどんなに凄いことをしたかを」

「気にしないでいいよ。たまたま、倒す方法があっただけだから。町の人にはあまり騒いでほしくないから、気にしないでください」

今のわたしにはそれしか言葉が出てこない。

「そうか。もし、この町で困ったことがあったらわしに言うといい。お嬢ちゃんのためなら力を貸すことを誓おう」

わたしはお爺さんにお礼を言う。

「それでユナ。クラーケンはどうするつもりなの？」

アトラさんが海に浮かぶクラーケンを見ながら尋ねてくる。

「クラーケンって売れるの？」

「そりゃ、売れるわよ。高級食材だし、皮もいろいろな用途があるわ。稀少価値もあるから、それなりの金額で売れるわよ」

「それじゃ、町にあげるよ」

「いいの!?　売ればひと財産になるわよ」

「町の役に立ててくれればいいよ。クラーケンに船を壊された人もいるだろうし」

「本当にいいの？　とても助かるけど」

「どうしても気が引けるなら、この町の見晴らしがいい土地を紹介してくれればいいよ」

クマの転移門を設置したいからね。

「ユナ、この町に住むの？」

わたしは首を横に振る。

「別荘にするだけ。暖かくなったら、知り合いを連れて遊びに来るためにね」

フィナたちを連れて、泳ぎに来るのもいい。きっと、フィナたちは海を見たことはないはずだ。連れてきてあげたい。

そういえばこの世界の住人ってどんな格好で泳ぐのかな？　水着はあるのかな？　流石に裸はないだろうから、あると思いたい。

「それなら、宿屋でもいいんじゃない？　デーガなら喜んで泊めてくれると思うけど」

それだと、クマの転移門が設置できない。あの山を登るのは面倒だ。

「でも、クラーケンを譲ってくれるのは嬉しいけど、このままじゃなにもできないわね」

クラーケンはプカプカと海に浮かんでいる。

「解体をするにしても、陸にあげないと無理よね」

確かにそうだ。普通に考えたら、砂浜に持っていくのも重労働だ。

「ちょっと待ってて」

わたしは土魔法で崖の上からクラーケンに向かって下り階段を作る。

階段を下りて、海の上に出ているクラーケンの一部に触れて、クマボックスにしまう。同じように茹《ゆ》であがっているワームも同様にクマボックスにしまい、2人のところに戻ってくる。

「ユナちゃん、あなたって」

「このアイテム袋のことはあまり知られたくないから黙っておいてね」

「それはいいけど。こうやって残ったクマの壁を見ると壮観ね」

海の中に土でできた数体のクマが聳《そび》え立っている。

「今、消すね」

「ちょっと待ってくれ」

消そうとしたところをお爺さんに止められる。

「これはこのままにしてくれないか」

「どうして？」

「それは、今回のことを忘れないためだ。時間が過ぎると人の記憶は色あせて、忘れてゆくものだ。嬢ちゃんに助けてもらったこと、クラーケンが現れたこと、海で亡くなった者を忘れないために残してほしい」

本当は残したくないんだけど、お爺さんにそこまで言われたら消すことができない。わたしはお爺さんの言葉を了承する。

「それで、どこで解体する？」

「そうじゃのう。解体するなら、町の近くの砂浜がいいだろう。そのほうが人を呼ぶにしても楽でよかろう」

「そうね。どうやって運んだのかと聞かれたら、ユナちゃんの魔法って言えば納得するでしょうから」

それで納得されても困るけど、それがいい方法なのかな？

「それじゃ、わしは漁から戻ってきている者を集めて向かう」

「わたしはギルドで解体ができる職員を呼んでくるわ」

お爺さんは近くに泊めてある船に乗り、アトラさんも一緒に乗る。お爺さんが操舵する船が動きだし、町に向かっていく。

わたしはくまゆるに乗って解体予定場所の砂浜に向かった。そして、砂浜にクラーケンとワームを取り出す。2匹とも、いい感じで茹であがっていた。

95　クマさん、宴に参加する

クロ爺《じい》さんの説明だと、ここでいいんだよね。

クラーケンとワームをクマボックスから砂浜に出し、海を見ながら待つことにする。本当に静かな海だ。昨日までクラーケンがいたとは思えない。

そのクラーケンは砂浜に横たわっている。どっから見ても巨大なイカだ。本当に食べられるのかは疑問だ。まあ、地球とは生態系も違うだろうし、食べられるのだろう。でも、その横に並ぶワームだけはダメだ。ミミズや幼虫を食べる習慣は、わたしにはない。食わず嫌いといわれても食べるつもりはない。

ワームを見るのはやめて海を眺めていると、人の声がしてくる。声がしたほうを見ると、クロ爺さんを先頭に数人の男たちが砂浜にやってくる姿があった。

「嬢ちゃん。待たせたな」

「大人数だね」

「早く解体をして、海鮮の宴に参加したいからのう」

クロ爺さんが男衆に声をかけて解体の準備をするように指示を出すと、男たちは大きな声で返事をする。そして、男の人たちはお爺さんと一緒にいるわたしの側を通るときに「ありがとう」と言葉をかける。お礼を言われると、気恥ずかしくなってくる。

クロ爺さんが解体作業の指示を出していく。その指示に従って、男たちは分担して、クラーケンの解体作業に取りかかる。お爺さん、相当偉いんだね。

クラーケンの解体作業を見ていると、今度はアトラさんがギルド職員を連れてやってくる。

「あら、もう始めているのね。それじゃ、あっちは本職に任せて、わたしたちはワームのほうを解体しましょうか」

アトラさんはギルド職員にワームの解体の指示を出す。どうやら、クラーケンはお爺さんたちが、アトラさんたちはワームの解体を、と分担するみたいだ。

「ユナ、本当にワームの素材ももらっていいの？」

「売るなり食べるなり、好きにしていいよ。でも、絶対にわたしが食べる料理に入れないでね。冗談でもそんなことをしたら、暴れるよ」

絶対に食べたくない。

「そんな、命をかけたイタズラしないわよ」

「でも、本当にこんなゲテモノが美味《おい》しいの？」

「さあ、わたしも話で聞いただけだし」

「アトラさんはこれを口に入れるのに、なにも抵抗はないの？」

「特にないわね。わたしはユナがそこまで嫌う理由が分からないけど」

これが食文化の違いか。そう考えるとフィナはどっち側の人間なのかな。できれば、こっち側の人間でいてほしいものだ。アトラさんとギルド職員はワームの解体作業に入る。ギルド職員は慣れているのか、ナイフを突き刺して解体を始める。

少し離れて2つの解体作業を見ていると、ユウラさんが女衆を連れてやってきた。

「昨日も見たけど、改めて見ると大きいわね」

「もしかして、ユウラさんも解体をするの？」

「専門家よりは下手だけど、クラーケンなら、大きなイカでしょう。この町で育ってきた者なら誰でも解体ぐらいできるのよ。でも、流石《さすが》にあっちは経験不足だけど」

ワームを見て答えるが、女性たちも手分けをしてクラーケンとワームの解体作業に加わる。人数も増え、解体作業の速度は上がっていく。

「嬢ちゃん、ちょっといいか？」

クロ爺さんに声をかけられる。

「これは、流石にもらえないから受け取ってくれ」

渡してくれたのは綺麗《きれい》な大きな青色の魔石。クラーケンの魔石だ。

「この年になるまで生きてきたが、こんなに大きな魔石を見たのは初めてじゃよ。それだけ、嬢ちゃんが倒した魔物が大きいってことじゃな」

「もらっていいの？」

「町でそんな大きな魔石を持っていても役には立たない。売るよりも、冒険者の嬢ちゃんが持っていたほうが、役に立つだろう。それにもとは嬢ちゃんのものだ」

それなら、ありがたく受け取っておく。今後、役に立つかもしれない。

「それじゃ、ユナ。こっちも渡しておくわ」

アトラさんがワームの魔石を渡してくれる。色が茶色だ。土の魔石になるのかな？

「別に売ってもいいんだよ」

「わたしたちはユナから十分にいただいたわ。それにこれだけは受け取れないわ。魔石は冒険者が討伐した証《あかし》になる。これはユナがクラーケン、ワームを討伐した証。それをわたしたちが売ったりすることはできない。もし、売るとしても、それはユナがしないといけないわ」

アトラさんの言葉を聞いて、わたしは素直に魔石を受け取ることにする。

解体作業も順調に進んでいく。解体されたものは馬車に積まれ、町に運ばれていく。ものによっては冷凍保存をするそうだ。

わたしが解体作業を見ていると、クロ爺さんが声をかけてくる。

「嬢ちゃん。ここはわしらに任せて、町に戻って宴を楽しんでくれ」

「宴？」

「クラーケン討伐のお祝いよ」

そういえば、そんなことを言っていたね。

「今頃、朝一で捕れた魚が料理されているはずじゃ。嬢ちゃんには一番に楽しんでほしいからのう」

「主役のあなたがいなくちゃ意味がないからね。わたしも町に戻るから一緒に行きましょう」

クロ爺さんの厚意を受け取り、アトラさんと一緒に町に戻った。

中央広場にやってくると、いい匂いが漂ってくる。魚やイカが焼かれている。あれはハマグリ？　貝もいいね。エビとかカニはないのかな。

醬油を使っているため、香ばしい匂いが漂ってくる。料理人が焼くたびに順番待ちの人に渡されていく。子供も大人も山盛りの料理を食べている。たぶん、久しぶりにお腹《なか》一杯に食べることができているのだろう。

中央広場では人だかりができ、クラーケンが焼かれている。大きさを住人に見せるためなのか、クラーケンの腕が一本飾られている。

長いね。

クラーケンの腕を見ていると、皆がわたしを見ていることに気づく。

「クラーケンを倒してくれたクマの嬢ちゃんだね。これを持っていきな。美味しいよ」

おばちゃんが小皿にのせた魚料理を渡してくれる。貝やエビなどが入った料理だ。ひと口食べると、美味しい。白いご飯が欲しくなってくる。

「嬢ちゃん、こっちも美味しいぞ」

ハチマキをしたオジサンが焼き魚を渡してくれる。魚にちゃんと醬油がかけられている。やっぱり、焼き魚には醬油だよね。他にもポン酢があれば最高だったんだけど、異世界にそれを求めるのは無理がある。

「ありがとう」

テーブルに移動すると、受け取った料理を食べ始める。それをきっかけに町の人はお礼と言って料理を次から次へと持ってくる。テーブルの上には魚介類の料理が並ぶ。住人の厚意だから、受け取るが、流石にこんなには食べられない。

「みんな、そんなに持ってこられても、ユナが困るわよ」

アトラさんが住民を止めてくれる。まあ、食べきれなかったら、クマボックスにしまうからいいんだけど。とりあえず、料理が冷めないうちに食べることにする。どの料理もとても美味しい。

「人気者ね」

「料理がもらえるのは嬉しいけど、騒がれるのは困るね」

「なら、そのクマを脱げば？　そうすれば、みんな気づかないわよ」

ごもっともな意見だ。でも、いつ危険があるかと思うと脱げない。

「これは、呪《のろ》いのアイテムで脱げないんだよ」

「そうなの？　それじゃ、ユナは臭《くさ》いの？」

アトラさんはわたしに近づいて匂《にお》いを嗅《か》ぎ始める。

「なにをするの⁉」

「だって、脱げないんじゃ、お風呂も水浴びもできないじゃない」

「嘘《うそ》に決まっているでしょう」

そんなバカな会話をしていると、小さな男の子と女の子がやってくる。

「クマさん、魔物を倒してくれてありがとう」

男の子が頭を下げる。

「お母さんが、ご飯食べられるようになったのは、クマさんのおかげだって」

「クマさん、ありがとう」

2人は満面の笑みをわたしに向けてくれる。わたしは膝を折り、子供たちの視線に合わせる。

「たくさん、食べてる？」

「うん」

2人は笑顔で頷《うなず》く。わたしは2人の頭を撫《な》でてあげる。

「いっぱい食べて、お母さんのお手伝いをするんだよ」

子供たちは頷き、去っていく。

「優しいのね」

「純粋にお礼を言われれば、優しくするよ。バカにされたら怒るけどね」

　宴は遅くまで行われ、途中でクロ爺さんもやってきた。そして、酔っぱらったお爺さんに海の素晴らしさを長々と聞かされることになった。アトラさんも一緒にお酒を飲んで、酔っぱらい、騒いでいる。

　これって、お酒が飲めない、わたしは負け組?

　日も沈み始めたころ、わたしは逃げるように、宿に向かう。

「ユナさん、お帰り」

　出迎えてくれたのは、マッチョさんの娘のアンズ。少し日に焼けた健康的な女の子だ。引きこもりだった色白のわたしとは対照的だ。

「凄いことになってるね」

　宿屋の中には酒盛りをしている男衆がいて、お酒臭い。

「まあ、それだけ、皆さん、海に出られて嬉しかったんですよ。うちの兄も喜んでいましたから」

「それで、デーガさんは?」

「お父さんは酔いつぶれちゃって、奥で寝ています」

「それで、アンズがここにいるわけね」

「はい。ユナさんは何か食べますか?　何かお作りしますよ」

「外でたくさん食べてきたから、大丈夫」

　これ以上は入らない。

「そうですよね。どこもかしこも料理がありますから」

「アンズは何をしているの？」

「一応、店番と自分の食事の準備をしているところです」

「食べてないの？」

「お父さんが、早々に酔いつぶれたので、わたしがみんなの料理を作っていたんです。だから、自分の食事が遅くなっちゃって」

「それで、何を作っているの？」

「刺身です。魚を生で捌《さば》いて、醤油をかけて食べると美味しいんですよ」

刺身だ。醤油をつけて食べたい。お腹に相談する。少しなら入る。

「わたしの分もある？」

「魚はたくさんありますから」

「ちなみに、白ご飯は？」

「もちろん、ありますよ」

なら、食べるしかない。

アンズは魚を綺麗に捌いていく。なかにはタコもイカもある。

「捌くのうまいね」

「お父さんに叩《たた》き込まれましたから。将来、自分の店を持つのが夢なんです」

おっと、とても素晴らしい情報をゲット。

　クリモニアの街に魚を仕入れようと思うけど、魚を捌ける人がいない可能性がある。そう考えると、アンズの腕は願ってもない。

　アンズは白いご飯の上に刺身を並べて、わたしに差し出してくれる。醤油をかけて食べる。美味しい。

「もし、クリモニアの街にあるわたしの店で働かない？　と言ったら来てくれる？」

「ユナさん。お店を持っているんですか？」

「一応ね。わたしは何もしていないけど。クリモニアの街でも海鮮料理を食べたいから、アンズが来てくれると嬉しいかも」

「本当に行けたら、行きたいですね。でも、遠いし、家族に会えなくなるのは寂しいですから」

　つまり、近ければいいんだね。わたしは海鮮丼を食べながら笑みを浮かべる。

　最高に美味しい海鮮丼を食べながら、夜遅くまでアンズと楽しい会話をした。

番外編①　クマさん、孤児院を建て直す

孤児院の子供たちは一生懸命に働いている。

コケッコウの世話もしっかりしていて、「くまさんの憩《いこ》いの店」で働く子供たちも頑張ってくれている。

そんな子供たちになにかしてあげたいと思っていた。そして、考えたのが孤児院だ。孤児院の建物は魔法で修繕はしたけど、古くて傷んでいる。でも、子供たちは文句ひとつ言わずにいる。

「それで、孤児院を建て直すけどいい？」

目の前に座るクリフに尋ねる。

「なんだ。いきなりやってきたと思えば」

「一応、クリフの街の孤児院だし、相談しようと思って。勝手にやって、あとで文句を言われても困るし」

孤児院の建て直しの許可をクリフにもらいに来た。お金は出ていないとはいえ、建物は街の管理下にあるはずだ。院長先生が住まわせてもらっていると言っていた。そして、追

い出されたら行くあてがないと。だから、孤児院の建て直しの許可をクリフにもらいに来たわけだ。

「おまえな、俺がそんな心が狭い人間だと思っていたのか？」

「微妙？」

「おまえな」

「冗談だよ。ただ、本当に許可をもらいに来ただけだよ。一応、建物は街が管理しているんでしょう」

「確かにそうだな。……分かった。許可を出す。自由にやって構わない」

「ありがとう」

「礼を言われることじゃない」

わたしが部屋を出ていこうとすると、引き止められる。そして、執事のロンドさんが呼ばれる。

「ロンド、お金の用意を」

ロンドさんは「かしこまりました」と返事をすると、すぐに部屋を出ていく。

「別にお金はいらないよ」

「そうはいかない。孤児院の件は俺のせいでもある。お金で謝罪になるとは思わないが、お前が孤児院を建て直すと言っているのに、なにもしないわけにはいかないだろう」

「でも」

「すでに孤児院はおまえさんのおかげで、街の援助金がなくても暮らせるようになっているることは知っている。だから、このお金は俺からの謝罪と思って受け取ってくれ」

受け取っても家を建てるには必要ないんだよね。魔法で作るから。

「用途はなんでもいい？」

「構わん。自由に使ってくれ」

なら、家具や生活に必要なものを買わせてもらおうかな。新しい布団とか必要なものはたくさんある。お皿や食器類も買い揃《そろ》えたい。これは院長先生とティルミナさんと相談しないとダメだね。

クリフとの話が終わると、ドアが開き執事のロンドさんが戻ってくる。

「クリフ様、こちらを」

「ユナに渡してやってくれ」

ロンドさんはわたしにお金が入ったと思われる袋を差し出す。

「こちらをどうぞ」

わたしはお礼を言って受け取る。袋は重みがある。もしかして、かなりの金額が入っていない？

「余ったら、返しに来ればいい？」

「別に返さなくてもいい。さっきも言ったが謝罪も含んでいる。もし余ったら、必要なときに使ってくれ」

クリフから孤児院の建て直しの許可をもらったわたしは、今度は孤児院に向かう。

部屋に集まってもらったのは院長先生にリズさん、ティルミナさんの3人だ。

「新しい孤児院ですか？」

「うん、建て直そうと思うんだけど」

わたしの言葉に3人は驚く。

「ユナさんが直してくださったおかげで、隙間風もなくなり、温かくして眠れてますから大丈夫ですよ」

「はい、子供たちも喜んでいますよ」

院長先生とリズさんは遠慮でなく、本気で思っている。

「それに、建てると言っても簡単に作れるわけじゃ」

「そこはわたしの魔法でちょちょいっと」

その言葉に呆《あき》れる3人。

「そういえば、あのユナちゃんの家も自分で作ったんだよね」

「あの鳥小屋もユナさんですね」

ティルミナさんの言葉にリズさんも思い出したように言う。

3人は納得してくれたみたいだ。

「でも、勝手に建て直しても大丈夫なの？　孤児院の経営はユナちゃんのお金で行っているけど、建物は領主様が管理しているんでしょう。勝手に建て直すことは」

「それなら、クリフから許可をもらってきたから大丈夫だよ」

「クリフ様って、領主様のことよね」

「ユナちゃん……」

「ユナさん……」

どうして、そんな呆れたような目でわたしを見るのかな？

簡単にクリフとの会話を説明して、最後にクリフからもらったお金をテーブルの上に出す。

「領主様からお金なんて……」

「信じられないことをするわね」

「そんな、怖いことを」

なんか、クリフ怖がられているね。まあ、初めのころのフィナもこんな感じだったことを思い出す。ノアに対しても緊張して、会話ができなかった。でも、最近では仲良くしている姿がある。

クリフやノアのことを知らなければ、貴族の領主様は会話もできない存在なのかもしれない。クリフも口調はあれだけど、基本的に話は聞いてくれるし、わたしが想像していた貴族とは違った。3人は会う機会がないから、しかたないのかな？

最終的に3人は呆れながらも、孤児院の建て直しに了承して、孤児院をどうするか、必要なものはなにか話し合うことになった。

部屋を男子と女子に分けるとか、お風呂の位置を決めたり、食堂をどこにするとか、決めていく。意外と間取りを決めるのは楽しい。クマハウスのときも考えるのは楽しかった。

子供たちにも院長先生から説明があり、新しい孤児院を作っている間は近寄らないように伝えられた。子供たちは凄《すご》く嬉しそうな表情を浮かべた。

「けっして、ユナさんの邪魔をしてはいけませんからね」

子供たちは元気な返事をする。

孤児院作りは子供たちが仕事をしている間に行い、仕事をサボッてわたしのところに来ないようにリズさんが見張り、仕事ができない幼年組は院長先生が見てくれることになった。


わたしは魔法を使って、クマハウスを作る要領で新しい孤児院を作る。イメージするのは田舎にあるような古い学校だ。

入り口が中央にあり、建物の中に入ると左右に通路が伸び、正面には扉がある。正面の扉の中に入ると大きな部屋があり、皆が食事をするところになっている。その奥にはキッチンがある。

左右に分かれた通路沿いには、右は女の子、左は男の子の部屋がそれぞれある。そして、左右の突き当たりの部屋はお風呂になっている。もちろん、お湯が出るクマの石像の設置も忘れない。

2階に上がると、同様に左右で男女の部屋に分かれ、食堂の真上の中央部分は遊び場になっている。

各部屋は4人部屋で、窓際に4つの机と2段ベッドを2つ設置する。

生活用品はクリフのお金でティルミナさんが注文して、運び込む。布団も新しく購入した。

子供たちは嬉しそうに騒いだりするが、院長先生の言葉を守って、完成するまで近寄らないようにしている。たまに小さい子が近寄ろうとするが、年上の子が止める。

「ユナお姉ちゃん、まだ入っちゃダメなの？」

子供たちは中に入りたそうにしている。

「まだ、完成していないからダメだよ。危険だしね」

危険っていうよりは邪魔が正しい。

わたしの言葉に子供たちは不満そうにする。そんな小さな子供たちの前に年上の少年が立つ。

「みんな、ユナお姉ちゃんを困らせるな。ユナお姉ちゃんの言うことは聞くって約束をしただろう。俺たちを救ってくれたのは誰だ。食べ物を与えてくれたのは誰だ。温かいところで寝られるのは誰のおかげだ。それに新しい孤児院はユナお姉ちゃんが俺たちのために作ってくれているんだ。わがままを言って迷惑をかけるな」

その少年の言葉に騒いでいた年下の子供たちが悲しそうな顔をする。

「……うん」

「ごめんなさい」

子供たちは素直に謝りだす。

「分かればいいんだ。でも、謝るのは俺にじゃない。ユナお姉ちゃんにだぞ」

少年は年下の子供たちの頭を撫《な》でる。

なんか、洗脳していない？

おかしくない？

頑張っているのは子供たちだ。コケッコウのお世話をしたり、モリンさんのお店で働く子もいる。それが孤児院の経営の礎《いしずえ》になっている。わたしはそのお手伝いをしただけだ。

「俺がみんなを近づけさせませんから」

12歳ぐらいの男の子は約束してくれる。

「う、うん、ありがとうね。みんなも、そんなに落ち込まないでね。今はまだ危ないから入ってほしくないだけだから、ちゃんと完成したら、中に入ってもらうから」

「うん！」

子供たちは男の子に連れられて古い孤児院に向かっていく。

これは洗脳じゃないことを信じたい。

それから、孤児院作りは順調に進んだ。ティルミナさんが注文してくれた、布団やタンス、テーブルに椅子。欠けていた食器も新しくする。これまで、卵の収入もあるから買おうかと言ったんだけど、院長先生に断られていた。でも、今回は買うことを承諾してもらった。

まあ、クリフのお金だし、せっかくだから使わせてもらう。

それから、まだ使える物は旧孤児院から、新孤児院に運ぶ。その荷物運びは子供たちに手伝ってもらう。子供たちは新しい孤児院の中に入れるのを今か今かと嬉しそうにしている。

「みんなの部屋割りは院長先生とリズさんに聞いて。自分の部屋が分かったら、自分の荷物は運んでね」

子供たちは元気よく返事をする。

「院長先生、僕の部屋は⁉」

「わたしの部屋は！」

子供たちが院長先生に駆け寄り、院長先生は子供たちに囲まれる。

「分かりました。まずは、皆さんの部屋に案内します。男の子はわたしに、女の子はリズについてくるように」

院長先生の言葉に子供たちは元気よく返事をして、嬉しそうに院長先生とリズさんについていく。わたしも問題がないか確認するために、院長先生についていく。

「ここはあなたたち4人の部屋になります」

「うわあ、ベッドに新しい布団もある」

男の子が嬉しそうにベッドに飛び乗ろうとするが、わたしが止める。

「汚れたまま乗ったら、せっかくの布団が汚れるよ。布団を使うときはちゃんとお風呂に入って、寝間着に着替えてからだよ」

コケッコウのお世話をしているので、いつも清潔にするように言ってある。

「お風呂あるの?」

「あるよ。1階の一番奥の部屋だよ。男子と女子で分かれているから、掃除もそれぞれにやるんだよ」

わたしが説明すると、男の子たちは駆けだす。

リズさんにもお風呂を別々に作ることは説明してあるから、大丈夫だと思うけど。あとで、女の子たちのほうも確認しておくかな。

ひと通りの部屋割りの説明が終わると、院長先生は荷物を運ぶように指示をする。

自分たちの服だったり、まだ使えるものを運ぶ。

先の話になるが、旧孤児院は取り壊すことになっている。思い出はあるが傷んでいるのは事実で、知らない人が出入りしても良くないと話し合った結果だ。

最後に子供たちから、お店にあるようなクマを入り口に作ってほしいと頼まれた。

「えっと、どうしてかな？　別に必要はないよね？」

あれはお店の宣伝のためであり、お店の名前が「くまさんの憩いの店」って名前だから作っただけだ。だから、孤児院には必要ないはずだ。

でも、子供たちに懇願され、断ることができなかったわたしは、新しい孤児院の前にクマの石像を作ることになった。

番外編②　クマさん、魔法を教える

　お店も順調に進み。本日の予定がないので、久しぶりに巨大なイノシシに襲われていた村に行くことにする。

　あの後もウルフやタイガーウルフに襲われたりした。

　村のことが気になったので、ヘレンさんに話を聞けば、討伐に向かった新人冒険者たちが無事にウルフを倒したらしい。少し頼りなさそうだったけど、頑張ったみたいだ。

　依頼達成の報告に来たとき、わたしのことを話したらしい。

「クマ凄《すご》かった」「クマ強かった」「ヘレンさんの言う通りだった」「クマさんのクマさんも強かった」とみんな興奮する感じでわたしのことを話していたと言う。

　最初は人の頭をポンポンと叩《たた》くとんでもない少年かと思ったけど。わたしの実力を知ると素直に謝ってきたし、そんなに悪い子たちではないはずだ。まあ、もう一度頭をポンポンと叩くようなことをしたら、許さないけどね。

　村の近くにやって来ると、わたしが作った壁は相変わらず健在で、村を守っている。

魔物がいなくなったせいか、村の入り口を警備する者もいない。くまゆるに乗ったまま村の中に入ると、わたしのことに気づいた村の人たちがやってくる。

「村長さんとブランダさんはいるかな？」

2人ともいるってことなので、会いに行く。

村長さんの家の近くまでやってくると、わたしの来訪を知った村長さんとブランダさんがやってきた。

「ユナさん、よく来てくださいました」

「嬢ちゃん、久しぶりだな」

「うん、ちょっと、王都まで行っていたからね」

くまゆるから降りて挨拶《あいさつ》をする。先ほどから村の子供たちがくまゆるを見ているので、遊んでいるように言う。

「王都！　そんな遠くまで？」

「あの子がいるから、そんなに時間はかからないよ」

子供たちと遊んでいるくまゆるを指す。

「それで今日はどうしたんだ？」

「ユークっていうか、マリさんにおみやげ。しっかりと栄養をつけてほしいからね」

わたしはクマボックスから、マリさんの栄養になるものを持ってきた。母乳が出なくなったら大変だからね。それに、子育ては体力がいるって聞く。

「嬢ちゃんのおかげで、元気に育っているよ。あのタイガーウルフの毛皮は手を離さないぐらい気に入っているよ」

「プレゼントしたかいがあったよ」

「洗濯するために取り上げると、泣くのが問題だけどな」

ブランダさんが笑う。

まあ、赤ちゃんが使うなら清潔にしておかないといけないから、洗うのはしかたない。

「あれから、変わったことは？」

「大丈夫だ。タイガーウルフもいなくなったから、ウルフの数も減った。それにあの新人冒険者たちも頑張ってくれたからな。もう、ほとんどいない」

「そうなんだ」

「初めは頼りない冒険者かと思ったが、頑張って倒していたよ」

……どうも、あの新人冒険者を思い出すと、頭をポンポンと叩かれたことを思い出してしまう。一応、謝罪は受け取ったけど、2度目は許さない。

まあ、わたしのことを怖がっていたから、次はしないと思うけど。

赤ちゃんがいる家庭に優先的に配るように村長さんに頼んでおみやげを渡して、わたしはブランダさんと一緒にマリさんとユークに会いに行く。

ブランダさんの家に到着すると、マリさんがユークを抱きかかえている。

「ユナちゃん、いらっしゃい」

「マリさん、ユークはどう?」

「ユナちゃんのおかげで、元気に育っているわよ」

マリさんまでブランダさんと同じことを言う。わたしは大きな猪とタイガーウルフを倒したただけだ。なのに、赤ちゃんが育っているのがわたしのおかげと言われても困る。

そんなわたしの気持ちも知らずに、ユークは元気なものだ。

わたしがユークの前でクマさんパペットをパクパクさせてると、「きゃ、きゃ」と笑う。

「ふふ、ユナちゃんに会えて、嬉しいのかしら」

これはクマさんパペットに喜んでいるだけだ。わたしは関係はないと思うよ。わたしはユークの顔を見るとマリさんにおみやげを渡す。

「ありがとうね。なにもお礼ができないのに」

「別にお礼が欲しくて持ってきているわけじゃないよ。ユークには元気に育ってほしいだけだよ」

「ふふ、ありがとうね」

それから、ブランダさんから村や新人冒険者の話を聞いて、村を後にする。

どうやら、新人冒険者がウルフを倒せたのはブランダさんの力添えがあったからみたいだ。ブランダさんが少数で動いているウルフを見つけ、それを新人冒険者に倒させていたようだ。

まあ、少数の敵から倒し、全体の戦力をそぎ落とすのは戦いの基本だ。

ブランダさんの村に行った翌日、天気もいいので、シーツを洗濯したり、布団を干したりする。ついでに王都にあるクマハウスのシーツも洗濯をしたりする。そんな感じで午前が過ぎ、お腹《なか》が空《す》いたので「くまさんの憩《いこ》いの店」に食べに行くことにする。クマボックスにもモリンさんが作ってくれたパンは入っているけど、一人で食べるのもあれなので、誰かがいれば一緒に食べようかと思っている。

お店に到着するとお店の前でクマの置物を見ている女の子がいる。

え〜と、たしか、あの女の子は……。

「どうしたの。こんなところで？」

名前は思い出せないけど、顔は覚えている。ブランダさんの村にいた新人冒険者の一人だ。わたしの頭をポンポンと叩いた少年と一緒にいた女の子だ。

「クマさん？」

「ユナだよ」

即座に言い換える。

「すみません。ユナさん」

何度も頭を下げる女の子。

「えっと、あなたは……」

「ホルンです。あのときはありがとうございました」

そう、ホルンだ。４人パーティーの唯一の女の子。

「それで、どうしたの。もしかして、お店に来てくれたの？」

「はい。ヘレンさんに、美味《おい》しいから一度は行ってみるといいよって言われたので来てみたら、大きなクマさんがいたから見ていたんです」

「やっぱり、目立つよね」

クマがパンを持っている。

「でも、ユナさんみたいに可愛《かわい》いです」

クマみたいに可愛いって褒め言葉なのかな？

まあ、２頭身のクマは可愛いからいいけど、その可愛さと一緒にされると微妙な気持ちになる。

「今日は他の３人はいないの？」

見る限り、ホルン一人しかいない。

「はい。今日はそれぞれ、別行動なんです。それで、わたしは一人で食べに来ました」

「そうなんだ。なら、一緒に食べようか。わたしも食事をするために来たところだし」

店の中に入れば誰かいる可能性もあるけど、いない可能性もある。それにわたしがタイガーウルフを倒したあとの話も聞きたい。でも、ホルンはわたしの提案に驚いた表情を浮かべる。

まあ、いきなり誘えばそうなるかな？

「嫌なら、無理強《じ》いはしないけど」

「いえ、そんなことは。でも、わたしなんかと一緒にいても」

「さっきは、感謝するとか言っていたけど。違うの？」

ちょっと、演技をしてみる。

「そ、そんなことないです。ユナさんにはとっても感謝しています」

「それなら、一緒に食事をしてくれるの？」

「……はい」

見事に釣れた。暇つぶしにホルンをゲットした。


了承を得たのでホルンと一緒にお店の中に入ると、子供たちがフロアで動き回っている。テーブルの上に残っているお皿を片づけたり、テーブルを拭《ふ》いたりしている。カウンターでは注文を受けている者もいる。

「ユナお姉ちゃん！」

テーブルのお皿の片づけをした子がわたしに気づく。

「仕事、頑張ってね」

「うん！」

女の子は頷《うなず》くと、お皿を持って、奥の部屋に向かう。

「ヘレンさんに聞いてましたが、本当にユナさんのお店なんですね」

「まあね。働いているのはあの子たちだけど」

わたしはなにもしていない。初めのころ、お店の立ち上げを手伝ったぐらいだ。今はモリンさんとティルミナさんが中心となっている。

「ホルン、嫌いなものってある？」

「いえ、ないです」

「それじゃ、適当に取ってくるから座って待ってて」

先ほどの女の子がテーブルを片づけてくれて、綺麗《きれい》になっているので、ホルンには座って席を確保していてもらう。

わたしは奥のキッチンに向かい、パンを数個もらい、ピザも焼いてもらう。プリンは在庫が少ないので、わたしのクマボックスから取り出す。

ピザが焼きあがり、モリンさんにお礼を言って、ホルンのところに戻ってくる。

「お待たせ」

「いえ、そんなに待っていないです」

「そんなに緊張しなくても大丈夫だよ」

なんか、肩筋が張っているような気がする。

「それじゃ、好きなものを食べていいよ」

テーブルの上にピザや選んできたわたしのおすすめのパンを並べる。

「あのう、お金は、いくらですか？」

「わたしが誘ったんだから、ご馳走するよ」

「でも」

「気にしないでいいよ。わたしの方が先輩だし、おごらせて」

「その、ありがとうございます」

とお礼を言うが、手を伸ばそうとしない。

「どうしたの？」

「どれも美味しそうで迷って」

「これがピザで、これがわたしのおすすめのパンだよ。あと食べたいだろうと思って、これがプリン」

「これが……」

プリンを見つめる。

「でも、プリンは最後に食べたほうがいいかな」

ホルンは頷いてパンを選ぼうとするが、どれにするか悩んで一向に手を伸ばそうとしない。

「それじゃ、半分ずつ食べようか？」

「半分ですか？」

「それなら、全種類食べられるでしょう。それとも、嫌かな？」

「そ、そんなことないです。それなら迷わないですみます」

わたしはナイフを取り出すと、すべてのパンを半分に切り分ける。そして、ホルンと一緒に食べ始める。

「美味しいです」

本当に美味しそうに食べてくれる。まあ、モリンさんが作ったパンはどれも美味しい。その中でもわたしのお気に入りを持ってきているんだ。美味しいに決まっている。

「このピザも美味しいよ」

「はい！」

食べ始めると緊張も解けたのか、会話もできるようになる。

「3人は幼馴染《おさななじみ》なの？」

「はい。生まれたときから一緒です。いつも一緒にいました。そして、3人が冒険者になるっていうから、わたしも一緒になることにしたんです」

これはホルンを取り合う関係にはならないのかな？

ホルンはおとなしいけど、可愛いらしい女の子だ。少し、ウジウジする感じがするが、男の子からすれば守ってあげたくなる女の子かもしれない。

「でも、よく両親が冒険者になることを許してくれたね」

冒険者は危険な職業だ。それを両親が許すとは思えない。例えばもしフィナが冒険者になりたいと言ったら、絶対に止めると思う。フィナはわたしの娘じゃないけど。

「3人が一緒という条件で許されました。だから、3人には迷惑をかけたくないんですが、わたしの魔法は弱くて。剣も弓も使えないから、足を引っ張って……」

だんだんと声が小さくなっていく。

「でも、魔法は使えるんでしょう？」

「はい。でも、威力が弱いんです」

う～ん、その辺りは分からない。やっぱり、魔力の大きさに関係があるのかな？　あとはイメージ力なのかな？

「ユナさんはどうして、そんなに強いんですか？」

神様からチート能力のクマをもらいましたとは言えない。

「ホルンは誰から魔法の使い方を教わったの？」

「はい。一応、村で魔法を使える人に教わりました。でも、その人も大きな魔法は使えないので」

そうなると先生が悪いのかな？

そもそも、魔法ってどこで教わるのかな。やっぱり、学校とかになるのかな。

「う～ん、それじゃ、見てあげようか？」

わたしの知識が役に立つか知りたいしね。

「ほ、本当ですか！」

「教えたからといって、できるとは限らないからね」

一応、念を押しておく。わたしの知識が間違っている可能性もある。ぬか喜びはさせないほうがいい。

「はい、もちろんです」

喜んでいるけど、分かっているよね。

「それじゃ、食べたら、練習しようか」

「はい！」

ホルンは笑顔になり、パンを食べ始める。

そして、最後にプリンを食べて、さらに満足げな顔になった。


わたしたちはお店を後にして、街の外れにやってきた。人がいないので多少の魔法を使っても迷惑にはならないはず。

「この辺りでいいかな？」

わたしは土魔法を使って、壁を作り出す。

「凄い」

これだけで、凄いって言われても困るんだけど。

「とりあえず、得意な魔法を使ってみて」

「はい。分かりました」

ホルンが腰につけていた短い杖を手にすると、杖の周りに風が集まって、風の刃が壁に向かって飛んでいく。でも、壁にぶつかると霧散する。

「風が得意なの？」

「なんとなくですが、できやすいんです。でも、弱くて」

「他も使えるの？」

「少しは」

ホルンはそう言って、杖に魔力を集めて炎を作る。杖を振るが、炎は壁にぶつかる前に消えてしまう。次に水の魔法を使う。杖に野球ボールほどの水の塊が浮かぶが、杖を振ると壁にペチャッという感じでぶつかって、弾ける。土魔法も同様だ。

これは圧縮の問題になるのかな？

水にしろ土にしろ、固さが足りない。あれじゃ、ただの水と土だ。炎のイメージが足りないのかな？　だから、イメージがしやすい風が使いやすいのかな？

これだと魔力を変換しているだけになる。……たぶん。

「やっぱり、ダメですか？」

「う〜ん、ダメっていうか」

わたしはクマボックスから、初心者の魔法の本を取り出す。一回読んだだけで、使っていない本。

「ここに書いてあると思うけど、魔法はイメージが大事なの」

「イメージですか？」

「魔法を使うとき、イメージしているでしょう？」

「はい」

「それじゃ、一番分かりやすい土魔法を使って説明をするね」

わたしは土魔法を使い、ホルンと同じ野球ボールほどの土の塊を作り出す。

「持ってみて」

「はい」

「……お、重いです」

「そう、圧縮っていうのかな？　土を押しつぶして作ったから、重くて固いんだよ」

わたしは土の塊を返してもらうと、魔力を使って土の壁に向かって投げる。土の壁に穴があく。

「凄い」

「これができるようになったら、形を変えていろいろと応用ができるようになるよ。壁を作って、相手の攻撃を防いだり、相手の行動を誘導して、仲間が待っているところに行かせることもできる」

「凄いです」

「あとはこんな感じに形を変えると、攻撃力も上がるよ」

わたしは槍のように細いものを作り、投げ飛ばす。壁は先ほどのボールみたいに壁を突き抜ける。

「先が尖《とが》っていれば、相手にも刺さりやすくなる。とりあえずは、固くしないことには相手にダメージを与えることはできないよ」

「分かりました。やってみます」

ホルンは決意を固めると、杖に魔力を集め、土の塊を作ると壁に向かって投げる。今度は土の塊はゴツンと音を立てて壁の前に落ちる。

「ユナさん、できました！」

「いい感じだね。あとは速度が上がれば、威力も増すよ」

「はい！」

一回成功したのが嬉しかったのか、ホルンは何度も挑戦する。壁にぶつかると、ゴトンと何度も音がする。初めて使った魔法よりは数段に塊が固くなっている。

本当は他のことも教えてあげようかと思ったけど、ホルンは魔力の使いすぎで、息切れをしてしまう。

「あとは練習するのみだね」

「あ、ありがとうございました。自信が出てきました」

「本当は、他の魔法もコツを教えてあげたかったんだけど」

「いえ、とりあえずは、ユナさんに教わった土魔法を覚えてみます。いろんなことを教わっても、わたしの実力だと無駄になりますから」

「魔法は攻撃も守ることもできるから、ちゃんと後方で状況を確認しながら使うんだよ」

ゲームの受け売りを、少し胸を張って言ってみる。

「壁を作れば、仲間を逃がすことも、態勢を整えることもできる。命中率が上がれば、仲間が戦っているところにも攻撃することができる。魔法を覚えても、使い方によっては役に立たなくなるから気をつけるんだよ」

「はい！」

「あと、魔力の配分にも気をつけること。魔法使いは魔力がなくなったら足手まといになるんだから、魔力はなるべく温存すること」

魔力回復アイテムがなければ、魔力の温存はゲームの基本だ。

「はい！」

ホルンはしっかりと返事をする。

「それじゃ、今日はしっかり休んで魔力を回復させるんだよ。そして、次に練習するときは、自分がどれだけ魔法を放つことができるか、数を覚えておくといいよ。そしたら、戦闘のときに役に立つから」

「はい。今日はありがとうございました。わたし、冒険者としてやっていけるような気がしてきました」

「でも、無理だけはしちゃダメだよ。命は一つしかないんだから」

「はい！」

返事をしてから、わたしのほうを見つめるホルン。

「どうしたの？」

「あのう、また、教えていただけますか？」

「う〜ん、街にいないこともあるけど、たまにでいいなら、いいよ」

「はい、ありがとうございます」

頭を深く下げる。

「あと、先生って呼んでいいですか？」

「先生？」

「嫌だったら、いいんです。でも、いろいろと教わって」

「別に今まで通りでもいいけど、ホルンが呼びたかったら好きにしていいよ」

「はい。ユナ先生！」

呼ばれた瞬間、背中がムズ痒《がゆ》くなったので、先生呼びはすぐに断ることにした。

ホルンが残念そうにしたが、先生と呼ばれるとムズ痒くなるから無理だ。


ホルンとの魔法特訓から数日、孤児院へ向かって歩いていると、目の前をホルンが歩いている。この先には孤児院ぐらいしかないと思うんだけど。

あとをついていくと孤児院には向かわず、この前ホルンと魔法の練習をした場所にやってきた。

ホルンは周辺を見渡し、岩の前に立つと、魔法の練習をし始める。

土魔法を発動させて、岩にぶつけている。いい音はするが、岩は割れない。

速度が足りないのかな？　威力が足りないのは間違いない。

「ホルン」

「ユナさん⁉」

わたしが声をかけると、驚いたように飛び跳ねる。そんなに驚かなくてもいいのに。

「魔法の練習？」

「はい。ユナさんのおかげで、魔法が強くなって、みんなの援護ができるようになりました。でも、まだ威力が弱いせいで、止《とど》めをさすことができないのです。シンが引きつけてくれているのに、魔法を当てても倒せないんです。ダメージは与えられているから、進歩はしています。でも、あのときに倒せていたらと思うことが何度もあって」

それで練習しているわけか。

「それじゃ、少し教えてあげるね」

頑張っている子を見ると応援したくなる。

「本当ですか？」

「威力が足りないんだよね」

見ててもそう思った。前回よりは攻撃力は上がっているが、それでも野球ボールを当てている程度だ。当たりどころが良ければ倒すこともできるが、普通に当てたぐらいでは痛がらせる程度だ。野球のデッドボールと変わりない。

だから、攻撃力アップ第2弾を教えることにする。

「それじゃ、回転の練習だね」

「回転？」

わたしは土魔法で野球ボールほどの球を作り出す。そして、その球を高速回転させる。

「分かる？」

「はい。凄い速さで回転しています」

「それじゃ、その落ちてる枝で、触れてみて」

ホルンは落ちている枝でわたしのクマさんパペットの上で高速回転している土の玉に触れる。その瞬間、「うわぁ！」。枝は弾かれたように折れる。

球を軽く地面に向けて投げると、地面が抉《えぐ》られたようになる。

「凄い」

「回転をつけることによって、速度、威力が増すよ。やってみて」

「はい！」

ホルンは土の球を作って回転させる。

「遅いよ」

回っているけど。遅い。

「うぅ、難しいです」

「暇なときにでも練習をするといいよ。回転数が上がれば威力も上がるはずだから」

「はい」

といろいろと教えているが、この世界の魔法の教え方と違うかもしれない。でも科学的に強くなるのは証明されている。

「ユナさん。どうして、こんなに優しくしてくれるんですか？　わたし、ユナさんに迷惑をかけただけで、なにも」

「う～ん、それはホルンが女の子で頑張っているからかな」

「わたしが頑張っている？」

「うん、頑張っている子は応援したくなるからね。それに親しくなった人が怪我をしたり、死んだりしてほしくない。ホルンがどんな気持ちで冒険者になったか分からないけど、冒険者は危険な仕事。わたしには止める権利はない。なら、怪我はしても死なない程度には強くなってほしいと思ってね」

「ユナさん……」

「それに冒険者って男が多いでしょう。だから、女性の地位も上げておこうと思ってね。頑張って強くなってね」

「……頑張ります」

「あっ、だからと言って、無理な依頼とか受けちゃダメだからね」

「はい！」

元気良く返事をするホルンに、魔力が尽きるまで付き合ってあげた。

強くなるといいね。

ノベルス版4巻 書店特典① クリモニアのお店で働く カリン編

クマの格好をしたユナさんの言葉で、わたしとお母さんは住み慣れた王都を離れ、パン屋を開くためにクリモニアの街に向かっている。

知らない街に行くのは少し不安もあるけど、わたしたちはユナさんを信じることにした。

このクリモニア行きの乗合馬車の代金はユナさんが出してくれた。馬車の乗り心地はとってもよく、お尻が痛くなったりしない。さらに、冒険者の護衛までついているから、安全面もしっかりしている。たぶん、とってもお高いはず。

ユナさんはずっとクマの格好をしているし、家はクマの形をしているし、国王様と知り合いだし、プリンやピザみたいな美味しい食べ物を作るし、いったい何者なんだろう？

本人に聞いても、「冒険者だよ」としか教えてくれない。

フィナちゃんにユナさんの格好について尋ねたことがあったけど、やはり分からないと言う。でも、とっても優しい人で、命の恩人だと言っていた。

馬車に揺られて数日、やっとクリモニアに到着した。

さすがに疲れた。でも、ユナさんに会わないといけない。たしか、クリモニアについたら孤児院に行けばいいんだっけ？

門のところにいる兵士の人に孤児院の場所を聞くと、街の外れにあるそうだ。

孤児院に到着すると、孤児院で働いている院長先生とティルミナさんって人が出迎えてくれる。ちゃんと、ユナさんから連絡が来ていたみたいだ。ここまで来て、知らないとか言われないでよかった。

このティルミナさんって人が、フィナちゃんのお母さんだという。優しそうなお母さんだ。

ユナさんのことを尋ねると、今から呼びに行ってくれるそうだ。ティルミナさんが娘のシュリちゃんに頼んでいる姿があり、フィナちゃんに似て可愛い女の子だった。

ユナさんが来るまで、ティルミナさんと院長先生と話す。

「あのう、ユナさんって何者なんですか？」

わたしの質問にティルミナさんと院長先生は顔を見合わせる。

「ユナちゃんのことは深く考えないほうがいいわよ。考えるだけ、疲れるし、無駄だから。でも、悪い子じゃないから、そこは安心していいわよ」

「はぁ」

どうやら、ティルミナさんたちはユナさんのことを考えるのはやめたらしい。でも、ティルミナさんと院長先生の顔を見れば、ユナさんが悪い子でないことは分かる。

ティルミナさんと会話をしているとユナさんが孤児院にやってきた。クマの姿のユナさんに会えてホッとする。相変わらずユナさんはクマの格好をしている。やっぱり普段着みたいだ。

ユナさんは長旅で疲れているわたしたちに気を使ってくれて、今日は休むことになった。流石《さすが》に今日は疲れているので助かる。ユナさんがわたしとお母さんが泊まるところへ案内してくれた。しかも、これからわたしとお母さんが住む場所になるという。ユナさんにはお世話になりっぱなしだ。


ユナさんに連れてこられた場所は小さなお屋敷だった。

「ユナさん、ここは？」

「ここがモリンさんとカリンさんが働くお店で、住む場所だよ」

お店って。これは、小さいけどお屋敷だよね。

お屋敷の中に入ると、綺麗にテーブルや椅子が並べてあり、お客様が食事ができるようになってる。

この2階がわたしとお母さんが住む場所になるそうだ。

そして、ユナさんは簡単な説明だけをすると帰っていく。わたしとお母さんはお屋敷に残される。本当にユナさんは何者なんですか？

「お母さん」

「わたしたちはとんでもない子のところに来ちゃったかもしれないわね」

それにには同意しかない。ユナさんは本当に、わたしとお母さんに何をさせるつもりなんだろう？

本当にパンを作るだけなんだろうか？

ユナさんは帰り、残されたわたしとお母さんはお店の中を探索する。まずはキッチンだ。

「お母さん、キッチン広いよ」

キッチンは広く、石窯が3つもある。

「これは新しい石窯ね。それにパンを作る材料もそろっているわ」

冷蔵倉庫も食材倉庫もあり、中には小麦粉や、パンに必要な材料があり、いつでもパンを作れるようになっている。本当にここをお店にするみたいだ。

お母さんは小麦粉を取り出すと、パンを作る下準備を始める。

王都からの移動で疲れているはずなのに、お母さんは嬉しそうにする。こうなったお母さんは止めることはできない。だから、わたしも手伝うことにする。

パンの下準備も終わり、疲れを取るためにお風呂に入り（とても大きかったです）、ふかふかのベッドに倒れこむ。

こんな広い部屋では落ち着かなくて眠れないかと思ったものの、疲れていたためか布団に入ると、すぐに眠りにつくことができた。

翌日、目覚めるとお母さんと一緒にパンを作る。

お母さんはユナさんの許可をもらわずにパンを焼いているけど、いいのかな？

でも、朝食を食べたいしいいよね。

「これはいい石窯ね」

パンを焼いていると、ユナさんが子供たちを連れてやってきた。パンを勝手に焼いても怒った様子はない。逆に朝食を食べてきたとショックを受けていた。どうやらお母さんのパンを食べたかったようだ。なんだか嬉しくなってくる。

それから、一緒にいた子供たちを紹介してくれた。このお店で働く子たちだという。

そして、ユナさんがお店の経営について説明してくれる。

開店前は、みんなでパンを作り、店が始まったら、パン作りはお母さんがすることになり、わたしは店内を任されることに。お金の管理もあるからと、ユナさんにお願いされた。

子供たちにパン作りを教えることになったわたしは、パン作りで一番大切なことを教える。それは清潔にすること。手洗いはもちろん、綺麗な格好でパンを作るのは大事だ。わたしもお母さんとお父さんによく注意された。

それから子供たちに、パンの作り方以外にも、接客の仕方やお金の取り扱い方を教えるのもわたしの仕事になった。

「いらっしゃいませ」

「いらっしゃいませ」

子供たちはわたしの真似をして、お客様への挨拶《あいさつ》の練習をする。

「ありがとうございました」

「ありがとうございました」

それから、注文の仕方や、お金の扱い方も教える。

わたしがお客様の役になり、子供たちの練習相手をする。わたしは小さいときから、お母さんとお父さんの仕事を見てきたから、やり方を知っている。でも、子供たちはなにも知らない。だから、失敗しても怒らない。なにがいけなかったのかを教えてあげる。誰にだって、初めてのことは分からない。そして、できたときはちゃんと褒めてあげる。わたしが両親にしてもらったことだ。

「うん、そんな感じでいいよ」

頭を撫でてあげると嬉しそうにする。わたしもちゃんとできたとき、お母さんやお父さんに褒められると嬉しかったものだ。

「カリンお姉ちゃん。ピザのときは少し待ってもらうんだよね」

「ピザはできているパンと違って、焼かないといけないからね。少し待ってもらうことになるね。だから、どのお客様がピザを注文したか、覚えていないとダメ。違う人に間違って渡したら大変だからね」

「うん」

子供たちは真面目にわたしの言葉を聞いて返事をしてくれる。

「それは、たぶん院長先生とリズさんのおかげだと思うよ。2人が一生懸命に子供たちを守っていたから」

ユナさんが言うには、院長先生とリズさんは補助金がなくなっても子供たちを見捨てることもなく、一生懸命に子供たちのため頑張ってきたという。

そして、わたしたち親子同様にユナさんに救われたそうだ。だから、こうやって子供たちが笑顔でいられると院長先生に聞いた。

子供たちはそんなユナさんを慕っている。ユナさんが現れるとみんな嬉しそうにする。ユナさんが頭を撫でるとさらに笑顔になる。わたしは父親が亡くなって自分が不幸だと勝手に思い込んでいた。でも、この子たちは親もなく、こんな年から一生懸命に働こうとしている。自分が小さいときはどうだったかと思うと、嫌々《いやいや》手伝っていた記憶がある。

「カリンお姉ちゃん。これでいい？」

一生懸命に小さな手で生地をこねている。わたしは確認するために生地を触る。

「もう少しだね」

「うん、分かった」

また、小さな手でこね始める。

でも、わたしが他の人にパンの作り方を教えるとは思いもしなかった。

子供たちは練習するためにたくさんのパンを作る。無駄にならないかと心配したけど、作ったパンは孤児院に持って帰ることになっているので、問題なさそうだ。

そして、翌日には子供たちが「みんな、美味しいって言ってくれたよ」と嬉しそうに話してくれる。

その気持ちは分かる。一生懸命に作ったパンを美味しいって言ってもらうのが一番嬉しいときだ。だから、ユナさんがわたしたちが作ったパンを美味しいって言ってくれたとき嬉しかった。そのパンを踏まれたとき怒ってくれたのも嬉しかった。本当にユナさんには感謝しないといけない。

さあ、開店までに子供たちに教えることはたくさんある。頑張って教えないとね。

ノベルス版4巻 書店特典② クマさんのために仕事をする ティルミナ編

わたしはティルミナ。2人の娘を持つ母親だ。

病気で死にそうなところを不思議なクマの格好をする女の子に救われ、今はその子の仕事を手伝っている。

コケッコウの卵の管理と商業ギルドとの取り引きをするのが主なわたしの仕事だ。今日も孤児院の子供たちが集めてくれた卵を数えている。卵を数えて商業ギルドに卸すだけで、お給金をもらっていいのかとたまに思ってしまう。もちろん他の仕事もしているけど、これが主な仕事になる。

「今日はいつもより多いわね」

順調に採れる卵が増えている。これなら、孤児院の子供たちに食べさせる分はありそうだ。

集めた卵にはひび割れたものもある。このような卵や予定よりも余った卵は孤児院で使うことになっている。ユナちゃんが言うには卵は体にいい食べ物らしく、子供たちに食べさせてほしいとお願いされている。

たとえひび割れていても、卵に価値があるのは変わらない。でも、ユナちゃんは気にしないで孤児院の子供たちに与えてしまう。もちろん、わたしも自由に持ち帰ってもいいことになっているけど、本当にいいのかと思ってしまう。

商業ギルドに卸す卵の確保も終わり、いつもの時間に商業ギルドの職員が来たので卵を引き渡した。

今日はあと、院長先生のところに行って、必要なものがないか聞かないといけない。院長先生はやたらと遠慮をするので、わたしがしつこく尋ねないと欲しいものを教えてくれないことが多い。最近はやっと、遠慮しながらも欲しいものを言ってくれるようになったが、まだまだだ。

ユナちゃんからは、衣食住だけはしっかりお願いされている。とくに、院長先生やリズさんは自分たちのことを後回しにして子供たちに食事を与えようとする。その気持ちは分かるけど、あの2人が倒れでもしたら、一番困るのだ。だから、食料は余るくらい用意している。

「余ったら、鳥の餌になってしまいますから、しっかり食べてください」といつも言っている。でも長年行ってきたことを変えるのは難しいみたいだ。

だから食料だけは、自分の目で確認をするようにしている。

「それじゃ、野菜を注文しておきますね」

「いつもありがとうございます」

「これもわたしの仕事ですよ。それに子供たちは働いているんですから、当然の権利ですよ」

というのはユナちゃんの受け売りだ。普通ならありえないことだ。子供の労働力なんて微々たるものと扱われ、このように多くの報酬が与えられることはない。でも、ユナちゃんは気にしないで与えている。

子供たちもそれが分かっているのか、真面目に働き、ユナちゃんの言葉を守っている。コケッコウの数も順調に増え、商業ギルドに卸す卵も順調に増えている。


王都に行っていたユナちゃんと娘のフィナが帰ってきた。

無事に戻ってきてひと安心。ユナちゃんが強い冒険者だということはフィナからも夫のゲンツからも聞いている。でも、見た目が可愛い女の子だから、信じられない気持ちもある。

フィナは楽しそうに王都のことを話し、それをシュリが羨ましそうに聞いている。

そんななか、ユナちゃんがとんでもないことを言い出した。

なんでも、王都でパン職人を雇ったという。そしてクリモニアに来てもらい、パンとプリンを販売するお店を始めるそうだ。それでわたしにお金や食材の管理を任せたいという。

あくまで2人は職人で、パンを作ることに専念させたいからと、わたしにお金の管理や食材の仕入れを頼んできた。

普通、お金の管理は信用していない人には任せられない仕事だ。横領などをされる恐れもあるため、基本は自分でやったり、身内で管理したりするものなのだ。なのにユナちゃんは卵のとき同様に「ティルミナさん、お願いしますね」と軽く言う。

現状の卵の売り上げだけでもかなりの金額だ。その中から、孤児院の食費から必要なお金まで、わたしが管理している。信用をしてくれているのは嬉しいけど、もう少し警戒心を持ってほしい。

でも、可愛いクマさんの信用を裏切るわけにはいかないので、引き受けることにした。

「フィナ、簡単でいいから経緯を教えてくれる？」

仕事を終え、家に戻ってきたわたしは王都に行っていた娘に尋ねる。

「王都で美味しいパンを作るお店があったんです。それが悪い人に襲われていて、ユナお姉ちゃんが助けたんです」

娘の話を聞くと、ユナちゃんはわたしたちを助けたように、そのパン屋の母娘も助けたらしい。お人好しのユナちゃんらしい行動だ。その優しさにわたしたち母娘は救われ、今がある。

わたしもユナちゃんの期待に応えるため、従来の仕事をしながら、お店のことをするつもりでいた。でも、ユナちゃんの行動がこんなに早いとは思わなかった。

てっきり、王都からモリンさんって母娘が来てから話し合って決めるのかと思ったら、ミレーヌさんと相談してお店（？）を購入してしまった。しかも、小さいけどお屋敷だ。見たときは信じられなかった。

パン屋って、もっと小さくて、家族だけが経営するようなものを想像していた。それが、小さいとはいえ屋敷だ。

もう、買ってしまったからにはなにもいえない。

それから、お店の内装の話になると、またユナちゃんから「ティルミナさんにお任せしますね」って言葉が出てきた。

お店に必要な椅子やテーブルなどをミレーヌさんと話し合って決めてほしいと。

でも、それだと決められないから、ユナちゃんの希望も聞いておく。あとで違うって言われても困るからね。

「テーブルの数はどうする？」

「こっちに家族や大人数のお客さんに座ってもらって、こっちのスペースには1人から2人用のテーブルを置けばいいと思うんだけど」

ユナちゃんからお店の構想を聞いて、わたしはテーブルと椅子がいくつ置けるか確認する。そして、なるべく安いところをミレーヌさんに紹介してもらうことにする。お金は大事に使わないといけない。

それから、ミレーヌさんにはユナちゃんに頼まれていた卵の数量のことを相談する。

「ミレーヌさん。ギルドに卸す卵の数はどうしますか？」

「ああ、そのことも話さないといけないんだったわね。わたしが言い出したことだから、卵を優先的にお店に回してあげたいけど。そこはもう少し待ってもらえる？　どこまで仕入れを減らすことができるか確認するから」

「お願いします」

卵を定期的に購入してくれているお店も、いきなり減らされたら困るだろう。

「気にしないで。わたしがユナちゃんにお店を出したらって言ったのが原因だから」

それが、偶然なのかパン職人まで手に入れてしまったため、おおごとになっている。

卵はいくらあっても大丈夫なので、ユナちゃんからはコケッコウを増やす方向でと言われている。簡単に言うけど、育てるのは大変なことだ。母鳥が温めている卵には印をつけて、採らないようにしたりしている。その辺りはユナちゃんの指示でリズさんを中心に子供たちが頑張っている。


お店の開店を目指して作業をしていると、モリンさん母娘がやってきた。フィナから話は聞いていたけど、とっても、優しそうな母娘だった。

話してみると、本当にお店を出せるか不安だったそうだ。まあ、いきなり「別の街でパン屋をやりませんか」なんて言われても信じるのは難しいだろう。ましてユナちゃんの格好を見れば、さらに信じがたい。

でも、2人を悪徳商人から救ってくれたうえ、国王様とも知り合いだったユナちゃんのことを信じることにしたらしい。

そしていざ来てみたら、お店がお屋敷で驚いていた。

「あのう、ティルミナさん。ユナちゃんって何者なんでしょうか？」

それはわたしが聞きたい。わたしの病気を治し、娘を救い、凶悪って言われる魔物を倒し、お金も困らないほどに持っている。そんなユナちゃんが何者って言われても分からない。

フィナの話では遠くから来たってことらしいけど。それ以外は分からない。ユナちゃんは自分のことを話そうともしないから、わたしも聞かないようにしている。あんな小さくて不思議な格好をした女の子が一人。理由があるのは分かっている。人には言いたくないことがある。ユナちゃんが自分から言ってくれるまで、聞かないことにしている。だから、モリンさんへの返答は。

「とっても、優しいお人好しのクマさんですよ」

「そうですね」

わたしたちはお互いに笑みを浮かべる。

さあ、まだ、やることはたくさんある。開店を目指して頑張らないとね。

ノベルス版4巻 書店特典③ クマさん、新しいスキルを使ってみる

王都で行われていた国王陛下誕生祭から帰ってきた。

クリモニアに戻ってきてからの、忙しかった日々も落ち着いてきた。

モリンさんのお店も順調で、わたしが口を挟むことは何もない。すでにお店はモリンさんとティルミナさんを中心に回っている。

今では様子を見に行くぐらいしかしていない。

そして、今日は7日に一度の休みの日だ。お店もやっていないので行く必要もない。久しぶりに暇な時間ができてしまった。

ベッドの上で寝転がって、今日はどうしようかと考えていると、王都で魔物を倒したことによって、新しいスキルを2つ覚えたことを思い出した。新しく覚えたスキルの一つがクマフォン。遠くにいる人と会話ができる魔道具を作ることができる。簡単に言えば通信機や携帯電話みたいなものだった。スキルの確認をすると、次のとおりだ。

クマフォン

遠くにいる人と会話ができる。

作り出した後、術者が消すまで顕在化する。物理的に壊れることはない。

クマフォンを渡した相手をイメージするとつながる。

クマの鳴き声で着信を伝える。持ち主が魔力を流すことでオン・オフの切り替えとなり通話できる。


とりあえず、クマフォンを作り出してみる。すると2頭身の小さなくまゆるやくまきゅうに似たクマの置物が手に現れる。これがクマフォン？　つまり通信機？

どこから見ても、くまゆるたちのフィギュアにしか見えない。とりあえず、一つじゃ役に立たないので、もう一つ出してみる。

両手にくまゆるたちに似た2頭身のフィギュアが現れた。

う〜ん、スキルだからくまゆるたちに似ているのかな？

可愛いけど。これが通信機、携帯電話みたいなものになるのかな？

でも、電話って、相手がいるからこそ、意味があるものなんだよね。お互い必要であり、連絡し合う仲とか、もしくは緊急性が必要な相手がいる場合に活用できる。

考えてみるが、わたしにはそんなクマフォンを使って話したりする相手はこの世界にいない。……訂正しよう。元の世界を含めて電話で話す相手がいない。

それにこの世界に通信機みたいなものがあるか分からないから、クマフォンをおいそれと渡すわけにもいかない。渡すとしたら、一番信用がおける人物になるけど。どう考えても一人しか思いつかない。唯一、クマの転移門のことを知っているフィナぐらいだ。

でも、フィナには毎日のように会っているし、会おうと思えばいつでも会える。緊急で会話をすることもないし、なにかあれば会いにいけばいい。

そう考えると渡す相手もいないので、使い道のない代物となる。わたしは静かにクマフォンをしまう。

そして、もう一つのスキルは召喚獣のクマの子熊化。

えっと、このスキルの新しい項目を見たとき首を傾《かし》げた。大きくなるんじゃなくて子熊化?

だって子熊化だよ。どんなときに使うの?

わたしは試しにくまゆるとくまきゅうを召喚してみる。これが通常サイズだよね。くまゆるたちは「なに?」って感じで寄ってくる。とりあえず、撫でてあげると嬉しそうにする。

それじゃ、さっそく子熊化のスキルを発動してみる。

すると、くまゆるとくまきゅうがどんどん小さくなっていく。テレビで見たことがある赤ちゃんクマほどの大きさだ。

……可愛《かわい》い。

わたしが手を広げると、子熊化したくまゆるとくまきゅうが近寄ってくるので抱きしめてあげる。子犬のように嬉しそうに小さな尻尾が揺れている。通常サイズのくまゆるたちも可愛いけど、子熊になったくまゆるとくまきゅうはもっと可愛い。

でも、改めて子熊化したくまゆるたちを見るけど、これって役に立つの？

大きくなるスキルなら、いろいろと役に立つと思う。大きな魔物と戦うことになれば役に立つ。移動するにしても、多くの人を乗せることもできる。

でも、子熊の利用方法が分からない。小さくなれば、攻撃力はもちろん、防御力も下がる。さらに、乗ることもできないから、移動でも役に立たない。小さくするメリットが思いつかない。

頑張って思いついたのは、狭い場所でも召喚できる。可愛い。抱きやすい。持ち運びができる。……ということくらいだ。くまゆるを持ち上げるとぬいぐるみみたいだ。街の中を歩いても大丈夫かもしれない。

でも、戦闘面では役に立つことが一つもない。これって、本当になんかの役に立つのかな？

「くまゆる、くまきゅう、小さくなって、なにかできることってある？」

無駄だと思うけど本人たちに尋ねてみる。

くまゆるとくまきゅうは「「くぅ〜ん」」と鳴いて首を傾《かし》げる。

だよね。スキル欄を見ても、次の通りだ。

召喚獣の子熊化

召喚獣のクマを子熊化することができる。


これしか書かれていない。

とりあえず、子熊化したくまゆるとくまきゅうと一緒にいればいいアイディアが出るかもしれないので、今日一日は子熊化したくまゆるとくまきゅうと一緒に過ごしてみることにする。

ベッドから抜け出して1階に下りるとくまゆるたちは小さな体でついてくる。その姿は可愛い。食事の準備をしているときも、食事をする間もわたしの側にいてくれる。だからといって役に立つわけではない。

ソファーでくまゆるとくまきゅうを触っていると、触り心地がよく、眠くなってくる。わたしはくまゆるとくまきゅうを連れて寝室に戻ってくる。そして、くまゆるを抱いてベッドに倒れる。

子熊のくまゆるとくまきゅうの活用法が見いだされた。くまゆる抱き枕は抱き心地が最高だった。大きさといい、肌触りもいい。

う〜ん、くまゆるを抱いていると夢の中に落ちていく。くまゆるの抱き枕は最高だった。でも、欠点が一つあった。抱くのは片方だけになるので、もう片方がいじけるのだ。

起きたら、くまきゅうが背中を向けていじけていた。

くまきゅうの機嫌を取るため、しばらくはくまきゅうと一緒にいることにする。夕飯近くまで一緒にいて、今度は一緒に寝てあげることを約束すると、やっと機嫌がよくなる。

寝る前にお風呂に入るために風呂場に行こうとすると、くまゆるとくまきゅうがトコトコとついてくる。本来は召喚獣のくまゆるたちに入浴は必要ない。汚れていても、一度送還して、次に召喚するときには汚れは落ちている。

でも、くまゆるとくまきゅうも、お風呂に入ると気持ちよさそうにする。お風呂は綺麗にするだけが目的じゃない。心の洗濯ともいうくらいだ。

だから、たまに一緒にお風呂に入れてあげるけど、通常サイズのくまゆるとくまきゅうと一緒に入ると、大きいから洗うのもひと苦労だ。お風呂に入るのに疲れてしまう。でも、今日は小さいので、洗うのも簡単そうだ。

「くまゆる、くまきゅう、おいで」

呼ぶと嬉しそうに駆け寄ってくる。くまゆるとくまきゅうを連れて一緒に風呂場に向かう。

裸になったわたしは洗い場に座るとくまゆるをわたしの前に移動させる。そして、目の前の黒い毛に包まれたくまゆるを石鹸でよく泡立てる。小さいから、洗うのも簡単だ。

頭から体を洗い手と足を洗う。もちろん、小さな尻尾も忘れない。

「それじゃ、泡を流すから、目を閉じてね」

最後にお湯をかけて終了。

くまゆるには湯船に入るように言い、次に順番を待っているくまきゅうを呼んで、わたしの前にきてもらう。

「それじゃ、洗うから、かゆいところがあったら言ってね」

くまゆる同様に泡立てて洗う。くまきゅうは白いから汚れは目立つけど、今日は出かけていないから綺麗なものだ。白い毛が泡だっていく。くまきゅうは気持ちよさそうにする。体を洗って、最後に尻尾を念入りに洗ってお湯をかける。

「それじゃ、くまきゅうも湯船に入って」

通常サイズのくまゆるたちを洗うよりは遥かに時間が短縮できた。これが子熊化のスキルの目的なのかもしれない。わたしが洗うのに苦労しているのを知って、子熊化のスキルを覚えたのかもしれない。これが子熊化の使用目的なのかもと、半分はそう思ってしまう。まあ、そのうち子熊の活躍する方法を思いつくはずだ。

わたしはくまゆるとくまきゅうを洗い終えると、最後に自分の体を洗う。洗い終わると、くまゆるとくまきゅうが気持ち良さそうにしている湯船に一緒に浸かる。

くまゆるとくまきゅうじゃないけど、お風呂は気持ちいい。

くまゆるとくまきゅうは足がつかないので、湯船のヘリに抱きついている。召喚獣が溺れたりしないと思うけど。今度、子熊用の小さな湯船でも作ってあげたほうがいいかな？

お風呂から出たわたしはタオルでくまゆるとくまきゅうをちゃんと拭いてあげる。送還すれば乾くけど、いつも背中に乗せてくれるくまゆるたちに感謝の気持ちを込めてタオルで拭き、ドライヤーで乾かしてあげることにする。

そして今日一日を終えて、約束どおり、くまきゅうを抱きしめて眠りについた。

「くまゆる、くまきゅう、おやすみ」

ノベルス版4巻 書店特典④ クマさんを心配する デーガ編

俺はミリーラの町で宿屋を経営しながら料理人をしているデーガだ。

1か月ほど前までは船に乗ってくる客や冒険者、商人などが泊まっていたが、今は泊まる者はいない。

その理由は、海にクラーケンって魔物が現れたためだ。さらに他の街に行くための海岸沿いの道には盗賊が現れ、通ることもできなくなり、町の外から人が来なくなった。

今はクラーケンがいなくなるのを祈ることしかできない。だが、それにも限界がある。町は食料の問題を抱えている。海に出ることもできず、他の町から食料を買うこともできない。町長は逃げ出し、町の食料は商業ギルドが管理している。それも、高い金を払う者に優先的に渡している。

このままクラーケンが海に居座るようなら、住人全員で町を捨てるしかなくなる。

そんなことにならないうちに、クラーケンがいなくなることを願う。

やることもなくカウンターに座っていると、知り合いのダモンとユウラが入ってきた。

そして、その後ろから黒い物体が入ってくる。

「筋肉？」

「クマ？」

2人の後ろからクマの格好をした女の子が入ってきた。

なんだ？　あの格好はクマだよな。

2人に問えば、あのエレゼント山脈で死にそうになったところを、このクマの格好をした女の子に助けてもらったそうだ。とてもじゃないが、あの険しい山を越えてきたなんて信じられない。でも、2人が嘘を言うとも思えない。それに船も街道も使えないから、その他に町に来る方法はない。

本当にあの険しい山を越えてきたことになる。


俺は2人に頼まれて、クマの格好をした嬢ちゃんを俺の宿に泊めることになった。

泊めるのはなにも問題はない。ただ、食料は家族の分しかないから、食事は出せないと伝えた。でも、食材を渡してくれれば作ってやると言うと、嬢ちゃんは、大量の食料を出してきた。しかも、たくさんあるから、家族で食べてもいいとまで言う。もしかして、本当に凄《すご》い嬢ちゃんなのか？

材料を出されたんなら、最高の料理を作ってやろうじゃないか。

俺は嬢ちゃんが持ってきた材料で最高の料理を作ってやる。

嬢ちゃんは俺の料理を美味《おい》しいと言ってくれたけど、魚介類を食べたそうにしていた。なんでも、海鮮料理を食べるためにあの山を越えてきたと言う。食べさせてやりたいが、クラーケンのせいで魚を手に入れることは困難な状況だ。クロ爺《じい》に頼んでみるか。

翌朝、嬢ちゃんは冒険者ギルドに行くと言って宿を出ていった。それからしばらくすると、ユウラが嬢ちゃんに会いにやってきた。

「嬢ちゃんなら、冒険者ギルドに向かったぞ」

なんでも町を案内する約束をしていたそうだ。なのに嬢ちゃんは出かけてしまったみたいだ。

「待っているか？」

「ううん、冒険者ギルドに行ってみるわ。もしかすると会えるかもしれないから」

「もし、戻ってくることがあったら、ユウラが来たことを伝えておく」

「お願いね」

俺は嬢ちゃんからもらった食料を知り合いや近所に分けることにする。こんな状況では助け合いが必要だ。俺と娘のアンズの2人でウルフの解体を行い、嫁と息子が近所に持っていく。

「お父さん、本当に食料をただでこんなにもらったの」

娘の言うとおり、ウルフだけでなく、野菜や小麦粉などもある。ただ、嬢ちゃん曰《いわ》く、一番多く持っているのはウルフらしい。これを見て本当に冒険者だと理解できた。

嬢ちゃんのために夕食の仕込みをしていると、食料の配給の噂《うわさ》が流れてきた。

なんでも、冒険者ギルドが食料を住人に配ったという。それもウルフの肉が大半で、かなりの量だという。その話を聞いたとき、真っ先にクマの格好をした嬢ちゃんの顔が浮かんだ。


夕食の準備ができるころになると、クマの嬢ちゃんが宿に戻ってきた。話を聞けばユウラとはちゃんと会えたようだ。

そして、俺が作った夕食も美味しそうに食べてくれる。この嬢ちゃんのためになにかしてやりたいが、なにもできない自分が悔しい。


翌朝、宿屋の準備をするために仕事を始めると、2階からうめき声が聞こえてくる。

なんだ？　2階はクマの嬢ちゃんしかいないはず。様子を見に2階に上がるとクマがいた。それも黒いクマと白いクマの2匹だ。なんで、俺の宿にクマがいるんだ！　どっから入った！

俺は叫び声を上げる。

「クマの嬢ちゃんは大丈夫なのか。クマの嬢ちゃん！」

部屋の中にいるクマの嬢ちゃんに向かって叫ぶ。

俺がこんなに叫んでいるのに、クマは俺に興味がないのか反応が鈍い。

くそ、嬢ちゃんは無事なのか！　生きているよな。

俺が心配していると、部屋から白いクマの格好をした嬢ちゃんが出てきた。嬢ちゃんの話によれば、クマは、嬢ちゃんの召喚獣だという。

召喚獣なんて初めて見た。それから、クマの下で唸《うな》っている男たちのことを尋ねると、襲われたという。俺の宿に入り込むだけでも許せないのに、こんな小さな女の子を襲うなんてもってのほかだ。

息子に冒険者ギルドへ連絡に向かわせ、その間に俺は嬢ちゃんを襲った男たちを縄で縛り上げる。必要なくなったからと嬢ちゃんはクマを消した。凄い、本当に消えた。

それからまもなくすると冒険者ギルドの職員がやってきて、男たちを連れていく。

そして、嬢ちゃんはギルドマスターのアトラとんでもないことを話し始める。

クマの嬢ちゃんは盗賊を倒しに行くという。信じられない。危険だ。

でも、アトラは初めは心配をしたが、最終的には了承していた。

「嬢ちゃん、本当に盗賊討伐に行くのか？」

盗み聞きをしていた俺は嬢ちゃんに尋ねる。でも、俺に心配させないように「クマも見たでしょう。あの子たちもいるし、ぱぱっと倒してくるよ」と笑顔で返事をする。俺は戻ってきたら美味しい料理を作ってやることを約束する。

だが、俺の心配をよそに嬢ちゃんは盗賊を捕らえて戻ってきた。

はじめは盗賊を捕らえたのは、一緒にいた4人の冒険者だと町の住人は思っていた。でも、それは間違いで、盗賊を討伐したのはクマの嬢ちゃん1人なのだという。

誰がそんなことを信じる。俺は多くの冒険者を見てきた。強い冒険者もいれば弱い冒険者もいる。嬢ちゃんが冒険者と名乗れば、間違いなく後者に見える。

俺は嬢ちゃんとの約束を守るために最高の料理を作ることにした。

港に行って、海を管理をしているクロ爺に頼む。

「盗賊を退治してくれたクマの嬢ちゃんのために料理を作ってやりたいんだが、魚を回してもらえないか？」

駄目と分かっていたが頭を下げて頼む。

「好きなだけ持っていけ」

「いいのか？」

予想外の返答に驚く。

「この町で嬢ちゃんに魚を食べてもらって、文句を言う奴は一人もいない。盗賊を退治し、あの商業ギルドの悪事まで暴いてくれた恩人じゃ。魚ぐらいじゃ礼にもならん」

その言葉に俺は嬉しくなる。俺はクロ爺にお礼を言って、今朝捕れた美味しそうな魚をもらっていく。

そして、嬢ちゃんのために魚料理を作り、在庫は少ないがお米を用意をする。これは和の国から入ってくる、魚に合う食べ物だ。俺はパンよりお米のほうが好きだ。だから、嬢ちゃんにも食べてもらうことにする。

それと一緒に味噌を使ったスープも作る。中には野菜などをいれる。もっと材料があれば美味しいものが作れるんだが、クラーケンのせいでこれが限界だ。

だが、俺の料理を見た嬢ちゃんは驚きの表情を浮かべ、料理を口に運んだ。

そして、涙を流し始める。

俺は不味《まず》かったのかと心配したが、故郷の味だと言って、泣きながら美味しそうに綺麗に全部食べてくれた。俺の料理を食べて、泣くほど美味しいと。心から言ってもらえる言葉がこんなに嬉しいものとは思わなかった。

くそ、クラーケンさえいなければ、もっと美味しい料理を作ってやれるのに。


翌日息子から、明後日は海に近寄らないようにと言われた。どうしてかと尋ねれば、クロ爺からの伝達だという。

なにか、嬢ちゃんの最近の様子を見て、胸騒ぎがした。俺はクロ爺のところに行って、海について尋ねる。

「クロ爺、教えてくれないか？　もしかしてクマの嬢ちゃんが関係しているのか？」

俺が真剣な目で尋ねると、重たい口がゆっくりと開く。

「誰にも言うんじゃないぞ。約束ができなければ教えることはできん」

俺は頷く。クロ爺から聞かされた話はとんでもない話だった。クマの嬢ちゃんがクラーケンと戦うという。

「クロ爺はその言葉を信じているのか？」

「あのアトラが頭を下げて頼んできた。それにあの盗賊を倒したのはクマの嬢ちゃんなんだろう」

そうだが、盗賊を討伐したからといって、クラーケンを倒せるわけがない。

「クロ爺！　あんな小さな女の子一人をクラーケンと戦わせる気なのか！」

「分かっておる。でも、嬢ちゃんがクラーケンを倒すことができると言ったそうだ。だが、わしらが海の近くにいると戦うことができないという。だから、嬢ちゃんが戦っている間は、皆が危険にならないよう海に近寄らないでほしいと頼まれたんじゃ」

クマの嬢ちゃんが……。

「分かった」

理解はしたが、納得はできなかった。どうして、嬢ちゃん一人がクラーケンと戦わないといけない。だからといって、共にクラーケンと戦える者は誰一人いない。なにもできない自分が歯痒《はがゆ》かった。

嬢ちゃんがクラーケンと戦う当日。嬢ちゃんに今日の予定を尋ねる。

「散歩に行くよ。それが、どうしたの？」

嬢ちゃんは本当に散歩に行くかのように答える。とてもこれからクラーケンと戦いに行くとは思えない。

こんな小さい体の女の子一人にクラーケンの討伐を任せていいのか？

でも、俺にできることは料理を作ることぐらいしかない。

「ちゃんと食事を作って待っているから、帰ってくるんだぞ」

戻ってきたら、俺が美味しい料理を作ってやる。だから、生きて帰ってこい。

嬢ちゃんは俺の作った朝食を食べると、本当に散歩に行くように宿を出ていった。


そして、どのくらいの時間が経ったかわからない。宿の中を意味もなく歩き回る。そのたびに妻と娘に注意される。心配で気になるから仕方ない。

嬢ちゃん、クラーケンを倒せなくてもいいから、無事に帰ってくるんだぞ。

そんな心配をしていると、入り口が騒がしくなる。アトラが入ってくると、その後ろから嬢ちゃんを乗せたクマが入ってきた。

「嬢ちゃん！」

俺が駆け寄ると、嬢ちゃんの表情は疲れていた。でも、怪我はないようで安心する。

「大丈夫……。少し疲れただけだから……しばらく寝るから起こさないでね」

クマの上でぐったりしている嬢ちゃんに声をかけると、返事を返してくれてホッとする。

でも、それだけ言うと、クマに乗ったまま階段を上がっていく。

「アトラ、嬢ちゃんは大丈夫なのか！」

「落ち着いて、大丈夫だから。魔法の使い過ぎで疲れているだけだから」

「そうか」

なんともないと聞いて安心する。

「それで、クラーケンは」

倒せなくても、責めたりはしない。あの姿を見れば頑張ったことは分かる。

「知っていたの？」

「ああ、クロ爺に聞いてな」

「そう、クラーケンならユナが倒したわ」

アトラが言っている言葉が一瞬、理解できなかった。

「……倒した？」

「ええ、ユナがクラーケンを倒してくれたわ」

「ほ、本当なのか？」

「本当よ。ユナはあんなになるまで、魔法を使い続けてクラーケンを倒してくれたの。町の恩人よ。だから、彼女をゆっくり休ませてあげて」

あたりまえだ！

あんなに疲れるまでクラーケンと戦い、討伐までしてくれた嬢ちゃんを休ませるのは宿屋の俺の仕事だ。誰も嬢ちゃんの休養を邪魔させない。

それからしばらくすると、クラーケンが討伐されたことは町中に広まった。

そして、この宿に嬢ちゃんがいることを知った住人が押しかけてくる。それも、宿屋の入り口が埋まり、外に溢れるぐらいに。

「静かにしろ！　嬢ちゃんが疲れて寝ているんだ！」

「お父さんが静かにしてよ。ユナさんが寝ているんだから」

横にいる娘に注意される。

「だってよ」

「お父さんの気持ちは分かるよ。でも、お父さんの声でユナさんが起きたらどうするのよ」

確かにそうだ。

「みんなの気持ちは分かる。でも、嬢ちゃんを休ませてやってくれないか。クラーケンって化け物と戦って、疲れているんだ」

俺は嬢ちゃんが起きないように声を落として、皆に伝える。

「だが、デーガ。俺たちは会ってお礼が言いたい」

「町を救ってくれたんだ」

その気持ちは分かる。俺だって嬢ちゃんになにかお礼をしたい気持ちはある。嬢ちゃんが一番喜ぶことってなんだ。

「なら、米が余っている者がいたら、少しでもいいから分けてくれないか。嬢ちゃんは和の国の米が気に入っている。目覚めたときに食べさせてやりたい」

「そんなことでいいのか？」

「ああ、嬢ちゃんが一番喜ぶ」

「わかった」

やっとのことで離れていくが、新たに来る者もいる。そのたびに同じやり取りが何度も行われる。

やってくる人の顔はどれも笑顔に満ちている。実際にクラーケンの倒された姿を見た者は興奮するように話す。話を聞くたびに嬢ちゃんが倒したんだと実感がわいてくる。

なかには宿屋に向かって拝む者もいる。感謝したい気持ちは分かるがやめてくれ。でも、拝みたい気持ちは分かる。息子も海に出られることを喜んでいた。

そして、用意した大きな樽に溢れるほどの米が集まることになった。

目覚めたときの嬢ちゃんの顔が楽しみだ。

この本を読んでのご意見・ご感想・ファンレターをお待ちしております。

〒104-8357 東京都中央区京橋 3-5-7
(株)主婦と生活社 PASH! 文庫編集部
「くまなの先生」係

PASH!文庫

本書は2016年7月に当社より単行本として刊行されたものを文庫化したものです。

くまクマ熊ベアー 4

2023年3月13日 1刷発行

著 者 くまなの
イラスト 029
編集人 春名 衛
発行人 倉次辰男
発行所 株式会社主婦と生活社
〒104-8357 東京都中央区京橋 3-5-7
[TEL] 03-3563-5315(編集) 03-3563-5121(販売)
03-3563-5125(生産)
[ホームページ]https://www.shufu.co.jp
製版所 株式会社二葉企画
印刷所 大日本印刷株式会社
製本所 株式会社若林製本工場
フォーマットデザイン ナルティス(原口恵理)
編 集 山口純平

 Printed in JAPAN ISBN 978-4-391-15922-6